KB120087

영국 촌놈 이야기

홍림의 마음

넓고 붉은 숲이라는 중의적 의미를 닮고 있는 <홍림>은, 세상을 향해 그리스도인들이 추구해야할 사유와 그리스도교적 행동양식의 바람직한 길을 모색하고자 노력하고 있습니다. 폭넓은(洪) 독자층(林)을 향해 열린 시각으로 이 시대 그리스도인의 역할 고민을 감당하며, 하늘의 소망을 품고 사는 은혜 받은 '붉은 무리'(洪林:홍림)로서의 숲을 조성하는데 <홍림>이 독자 여러분과 함께하고자 합니다.

지은이 | 이종구

1판 1쇄 인쇄 2014년 09월 26일
1판 2쇄 발행 2014년 10월 30일

펴낸곳 | 홍 림
펴낸이 | 김은주

등록 제 312-2007-000044호17
주소 서울 서대문구 거북골로 14길 60
전자우편 hongrimpub@gmail.com
전화 070-4063-2617
팩스 070 7569-2617
블로그_http://blog.naver.com/hongrimpub
트위터_http://mobile.twitter.com/@hongrimpub

값은 표지에 있습니다.
ISBN 978-89-6934-002-3 (03810)

이 책은 저작권법에 의하여 한국 내에서 보호를 받는 저작물이므로 무단전재와 복재를 금합니다.

"양반의 고장 충청도의 촌놈이 신사의 나라 영국의 촌놈이 되다"

영국
촌놈
이야기

이종구 지음

영국의 성공한 한인 사업가
영국 리즈패션그룹 이종구 회장의 삶과 신앙, 비즈니스

홍림

• • •

인생을 살아가면서 누구나 한 번쯤 삶의 중요한 전환점을 맞이하게 됩니다. 그리스도인에게 있어서 가장 중요한 삶의 전환점은 예수님과의 만남일 것입니다. 예수님이 오심으로 세계 역사가 기원전과 기원후로 나뉜 것처럼, 개인의 삶 또한 예수님을 만남으로 영원한 생명의 길로 들어서기 때문입니다.

본서의 저자인 이종구 장로님은 예수님을 만남으로 인생의 극적인 반전을 경험한 분입니다. 그는 인생이라는 긴 여정의 결정적인 순간에 예수님을 만났고, 일생동안 복음을 향한 뜨거운 열정으로 교회를 위해 헌신하셨습니다. 그리고 하나님께서는 그러한 그의 삶을 참으로 귀하고 아름답게 사용해 주셨습니다.

이번에 그동안 하나님께서 베풀어 주신 은혜에 감사하는 마음으로 하나님과 함께 걸었던 길을 회고하며 자서전을 출간하게 된 것

을 기쁘게 생각합니다. 아무쪼록 많은 분들이 이 책을 통해 하나님
의 살아계심을 깊이 체험하고 예수님 안에서 꿈꾸며 더욱 굳건한
믿음의 토대 위에 서게 되시기를 바랍니다.

여의도순복음교회

원로목사 조 용 기

•••

　　성경을 보면 하나님께서 쓰시는 사람은 순종의 사람이라는 것을
알 수 있습니다. 자신의 생각이나 경험에 의존해 살지 않고 오직
하나님의 뜻을 깨닫고 하나님의 뜻을 따라 살았던 사람들만이 하
나님께 쓰임을 받았습니다.

　　그런데 오늘날과 같이 개인주의와 물질주의가 팽배한 시대에는
하나님보다 자기 자신만을 위해 살고, 하나님의 뜻보다 돈과 명예
를 좇아 살아가는 사람들이 많습니다. 하나님께 온전히 순종하고
하나님의 뜻을 이루기 위해 자신을 희생할 줄 아는 믿음의 사람이
많지 않습니다. 그럼에도 불구하고 하나님께서는 여전히 순종의
사람을 찾고 계시고, 순종의 사람을 통해서 하나님의 역사를 이루
어가고 계십니다.

　　하나님께서는 사람의 외모를 보시지 않고, 그 마음 중심에 하나

님에 대한 온전한 순종이 있는지를 보십니다. 아브라함이 믿음의
조상이 될 수 있었던 것도 하나님의 말씀에 순종하는 삶을 살았기
때문입니다. 아브라함이 모리아 땅에 있는 한 산에서 하나님의 명
령을 따라 아들 이삭을 바치려 했을 때, 하나님의 사자는 그에게서
하나님을 경외하는 마음을 확인했다고 말했습니다(창 22:12). 이
로써 아브라함은 "야훼 이레(예비하시는 하나님)의 은혜"를 체
험하게 되었습니다(창 22:13-14).

　이 책의 저자인 이종구 장로님은 하나님께 순종함으로써 하나님
의 축복을 받고 그 축복을 나누는 귀한 일꾼입니다. 장로님은 여의
도순복음교회에서 주님을 만나고 성령 충만한 신앙인으로 성장해
장로로 피택된 후, 하나님의 인도하심을 따라 런던순복음교회에
서 장로 장립을 받고 지금까지 하나님 나라와 교회를 위해 헌신하
고 계십니다. 또한 영국 리즈패션그룹 회장으로서 훌륭한 기독 경
영인의 모범을 보여 주고 계십니다. 장로님의 이러한 삶과 신앙의
이야기를 담은 저서가 출간된 것을 매우 기쁘게 생각하며 이 책을
통해 많은 독자들이 귀한 믿음의 도전을 받을 수 있기를 기대합니
다.

여의도순복음교회
담임목사 이 영 훈

· · ·

　사람과의 만남이 가장 중요함은 주지의 사실입니다. 누구와의 만남, 어떤 만남인가에 따라 삶의 방향과 내용이 달라지기 때문입니다.

　그런 점에서 1990년 가을, 런던에서 이종구 장로님과 첫 만남은 한 교회의 향방을 새롭게 하는 사건적인 만남이었습니다. 돌이켜 볼 때, 그 만남이 하나님께서 그리스도의 피값을 치루고 사신 교회를 일으켜 세우시는 실마리가 되었기 때문입니다. 제가 부임하던 당시의 런던순복음교회는 여러 가지 사정으로 거의 와해 상태에 있었습니다. 교회의 회복이라는 사명을 가지고 파송되어 간 저에게 장로님의 헌신은 얼마나 큰 힘이 되었는지 모릅니다.

　이 장로님은 열정과 비전을 겸비한 분이었습니다. 교회의 발전을 위한 일이라면 만사를 제치고 우선 순위에 두셨고, 주어진 소임에 대해선 한 번도 소극적인 반응 없이 확실하게 감당하셨습니다. 그래서 장로님에게 맡긴 일은 늘 마음을 놓을 수가 있었습니다. 무너졌던 이민교회가 재기되는 과정에서 말 그대로 견인차와 같은 사명을 다한 것입니다. 특히 장로님은 주재원 가정으로 런던에 오셨다가 교민으로 남게 된 분이었습니다. 그 점이 교우들 간에 중요한 작용을 했습니다. 런던의 이민교회는 세 종류의 성도들이 주축이 됩니다. 상주교민과 주재원, 그리고 유학생 그룹입니다. 아무래도 교민과 주재원 가정이 중심 역할을 하게 되지요. 장로님은 주재원 출신의 교민이어서 양쪽을 아우를 수 있는 위치에 있었고 어려운 시기에 성도 간 화합에 교량 역할을 잘 해주셨습니다.

장로님과 함께 하면서 늘 느낀 점 하나는 긍정의 사람이었다는 것입니다. 어떤 상황에서도 긍정의 여지를 찾았고 긍정의 선한 바이러스를 퍼뜨린 분입니다. 그 긍정의 라이프 스타일이 영국 현지인들을 상대로 한 비즈니스에서 크게 성공하게 했거니와 교회에서도 사람들을 격려하고 세우는 좋은 열매를 가져 왔습니다.

개척하는 것보다 더 어려웠던 과정을 헤쳐 나가면서 때로는 동역자처럼, 때로는 친구처럼 이국생활의 애환을 나누면서 '한 영혼'을 세우기 위해 힘썼던 시절을 생각하면서 장로님의 자전적인 간증을 대하니 은혜의 물결이 밀려옵니다.

장로님은 늘 주님의 은혜를 붙들며 골짜기를 통과해 나오신 분입니다. 거칠은 이민생활에서 국제적인 기업을 일구면서 걸어오신 역정도 그렇고, 거의 죽다시피한 교회가 유럽 최대의 이민교회로 성장하는 과정에서 대들보처럼 쓰임 받으신 것을 생각할 때 그렇습니다. 그 과정에서 겪으신 귀한 체험이 많은 분들에게 소개된다고 하니 감사한 마음을 금할 길 없습니다.

인생이 힘들다고 탄식하며 아파하는 영혼들이 갈수록 급증하는 이 시대, 역경을 헤쳐 낸 장로님의 나눔은 응원의 함성처럼 읽는 분들의 마음에 용기를 불어넣으리라 생각하며 일독을 권하는 바입니다. 감사합니다.

대조동순복음교회
담임목사 정 재 우

·　·　·

　　인생을 살다보니 선물이 좋은 관계를 빛나게 하는 경우가 있고, 또는 존재함으로 선물이 되는 사람도 있습니다. 이종구 장로님은 존재함으로 선물이 되시는 분으로서 하나님이 런던순복음 교회에 보내주신 보배로운 선물과 같은 분이십니다.

　　장로님을 만나고 알게된 지도 어언 17년이란 세월이 흘렀습니다. 그동안 옆에서 바라보고 지켜보아온 장로님은 교회의 청지기로서 그리고 믿음의 사업가로서 속도계를 바라보고 일희일비하기보다는 나침반을 주시하며 달려가신 분이라고 생각됩니다. 또 이 장로님은 늘 궂은일을 두팔 걷고 앞장서는 열정이 가득한 분입니다. 언젠가 장로님께서 기업 경영에 대해 완행열차에 비유하시면서 아무리 힘들고 더디더라도 한 곳을 지향하여 가면 언젠가는 목적지에 도착할 수 있다고 하신 말씀을 기억합니다.

금번에, 그 동안 영국에서 뜨거운 열정으로 한 우물을 파시며 살아오신 이 종구 장로님의 신앙과 삶의 이야기가 활자로 나온다는 소식을 들었을 때 참으로 반가웠습니다. 어려움을 뚫고 광야를 일구어 꽃 피게 하신 이종구 장로님의 따뜻하고 진솔한 간증들이 인생의 고단함에 지친 분, 삶의 방향을 찾는 분들에게 한줄기 위로와 힘이 될 수 있으리라 기대하며 기쁜 마음으로 이 책을 추천해 드립니다.

런던순복음교회
담임목사 김 용 복

• • •

충청도 촌놈이 영국 촌놈이 된 건 1982년이다. 나는 거기서 큰
돈을 벌어 거부가 될 생각은 하지 않았다. 성공을 위해 이름을 날
리고 싶은 욕망도 없었다.

좋은 일을 많이 해서 남에게 존경받고 싶은 생각도 없었다. 내게
는 그런 능력도, 돈도, 인맥도 없었고, 오직 적수공권(赤手空拳),
나 혼자만의 작은 몸부림만 있을 뿐이었다.

베드로는 밤새도록 그물질을 했다. 나도 허겁지겁 앞만 보며 바
쁘게 살았다. 그러나 빈 그물질만 한 베드로처럼 헛수고만 하고 살
았다. 내 능력, 내 뜻, 내 힘만으로 애는 썼으나 소용이 없었다. 그
런데 어느 날 예수를 믿게 되었다. 은혜가 내게 들어오자 나의 인
생은 반전을 했고, 그분이 나침반처럼 내 인생과 내 기업을 인도하
셨다. 여호수아가 싸워 승리한 것이 아니고, 모세가 손을 들어 올

려 승리한 것처럼 내가 성공한 것이 아니고 하나님이 성공시키셨다.

　사람들이 나를 영국에서 성공한 기업가라고 말한다. 그러나 그 일은 전적으로 하나님께서 하셨다.

　2014년은 내가 일흔이 되는 해다. 고희를 맞는 내가 새해 초에 기도한 것이 있는데, 첫째는 내가 이룬 사업체를 사회에 환원하는 것이고, 둘째는 한 번도 가보지 않은 크루즈 여행을 아내와 해보는 것이었다. 그리고 셋째는 책을 출간하는 일이었다.

　그래서 나는 회사를 아이템별로 네 개로 나누어 직원들에게 나누어 주었다. 담당 팀장은 새 회사의 사장이 되었다. 그리고 나는 7월에 내 생일에 맞춰 아내와 알래스카 크루즈 여행을 다녀왔다. 우리 부부는 21일 동안 캐나다와 알래스카를 일주했다. 그리고 이제 회고록 『영국 촌놈 이야기』를 세상에 내놓게 되었다.

　처음에는 수년간 써온 큐티노트를 증정본으로 제작할 계획이었다. 그러나 홍림의 김은주 대표와의 면담을 통해 회고록 출간을 조심스럽게 제안 받았다. 말씀노트에서 간증집으로 바뀐 이유와 과정은 나의 의지보다 김은주 대표를 통한 하나님의 ‘순전한 아이디어’였던 것 같다.

　지난 9월 장로은퇴식이 여의도순복음교회에서 있었다. 나는 회사에서도 떠났고, 장로직으로부터도 떠났으며, 그리고 모든 사회 활동에서도 떠난다. 하나님께서 아브라함에게 본토 친척 아비집을 떠나라고 말씀하신 것처럼 나에게 모든 것으로부터 떠나라고 말씀하신다.

앞으로 내가 할 일을 나는 아직 모른다. 그러나 늘 그랬듯 나의 하나님은 내가 앞으로 할 일을 인도해주실 것이다. 그분이 가라는 곳으로 내 생명 다하는 날까지 묵묵히 걸어갈 것이다.

2014년 런던에서

이 종 구

::: 차례

1부_ 방황의 본질

어머니가 암에 걸려 사경을 헤매고 있었다. 불우했던 청소년기와 타락했던 20대, 얼마까지 도망가며 그곳을 탈피하

기 위해 무던히 방황하고 탈출을 시도했지만 결국 다시 제자리에 온 기분이었다. 부정할래야 부정할 수 없는 그 환경

에 나는 다시 갇히고 만 듯한 느낌이 들었다. 그생만 하신 불쌍한 어머니. 그러나 나는 사경을 헤매이는 어머니 옆을

지키지 못하고 또 다시 상황을 피해 달아났다.

시골의 삼대 독자로 태어나다

. . .

나는 지금은 청주시가 된 옛날 충청북도 청원군 강서면이라는 아주 외진 시골에서 태어났다. 나의 아버지는 농사를 많이 지으셨고 그 지역 유지였다. 그런데 보수적이고 전통을 중요시하던 집안에서 대를 이을 아들이 없자, 아버지는 아들을 얻기 위해 정식 아내 이외의 여인을 맞으셨다. 그분이 나의 어머니다.

충청도 괴산의 아주 가난한 집에서 태어난 어머니는, 아버지로부터 얼마간의 도움이 친정에 제공되는 대가로 아버지 집에 들어오셨다. 하지만 어머니는 첫 아이로 딸을 낳으셨고 이에 낙심한 아버지는 육촌 형님을 양자로 얻으셨다.

나는 그 와중에 태어났다. 아버지에게는 없던 아들이 동시에 두 명이 생긴 셈이었다. 형님은 공부를 잘했고, 아버지의 지원을 받아 서울대학에서 공부, 후에 부산대학교 강단에 서며 동양화가로 명성을 얻었고 국전심사위원을 지낸 청초(靑草) 이석우 화백이다. 불행히도 형님은 일찍 세상을 떠났다.

아들인 내가 태어나자 아버지는 매우 기뻐하셨다. 어머니도 처음 마음 편한 날들을 보내신 시기였다. 하지만 아버지 생전에 나는 어머니와의 추억이 많지 않다. 그 시절 어머니와 함께 찍은 사진조차 남아 있지 않다. 내 기억 속에 나는 늘 큰어머니 무릎에 앉아서 놀았던 것 같다. 당연히 호적에도 내 이름은 아버지와 큰어머니 사이의 아들로 올라가 있었다. 나의 친어머니는 기록상 나의 어머니가 아니었다.

그런데 내가 태어나고 집안의 평화가 있던 시기도 잠시, 갑작스레 아버지가 돌아가시게 되었다. 집안이 기울기 시작했고, 설상가상으로 큰어머니까지 돌아가시면서 집안은 완전히 풍비박산이 나게 되었다.

나의 어머니는 아버지 생전에도 집안 내에서 권한이 없었던 터라 경제적으로 자립할 아무 도움 없이 나와 내 위의 누님, 그리고 여동생을 데리고 분가하셨다. 자식 셋만 데리고 나온 어머니는 청주시내로 나오셔서 장사를 시작하셨다. 젊으신 어머니는 안 한 장사 없이 무엇이든지 닥치는 대로 일을 했다. 시장에 오는 상인과 나무꾼들을 상대로 국수장사와 막걸리장사를 했는데, 어머니 혼자 하기에 만만한 일은 아니었다.

아버지가 돌아가시고 삶의 근거를 내게 찾으셨던 어머니는 나의 학업만큼은 포기치 않으셨다. 당시 누님은 수출을 하는 미싱공장에 다니느라 늘 지쳐 퇴근했고, 동생은 너무 어렸었다. 나는 새벽이나 방과 후에 시장에서 일하시는 어머니께 가서 일을 도왔다. 새벽에 큰 널판을 날라다 놓고, 천막을 치고 장사할 수 있게끔 화로를 설치한 후 등교했다. 떡 장사를 할 때는 어머니와 쌀을 절구에 빻아서 같이 만들었다. 어머니는 떡을 손으로 주무르시고 나는 홍두깨로 떡을 내리쳤다. 동네에서는 내게 효자 아들이라고 칭찬을 했고, 어린 나는 그 칭찬에 기분이 좋아져 더 열심히 어머니를 도왔다.

그렇게 공부를 하며 드디어 중학교에 들어갔다. 하지만 하루하루 먹고 살기도 힘든 가정 형편에 중학교 학비는 적잖은 부담이 되었다. 사친회비가 6개월 혹은 1년치씩 밀렸고, 그러다보니 공부하다가 선생님한테 불려나가 집으로 쫓겨 가는 일도 잦아지기 시작했다.

"가서 사친회비 가져와라, 그러기 전엔 수업 못 들어온다."

어머니는 쫓겨 돌아온 나를 안쓰럽게 바라보시며 내게 "장 보고 줄게. 장 보고 준다고 그래라." 하셨다. 하지만 학교에 사정을 알리고 양해를 얻는 것도 한두 번, 약속이 지켜지지 않자 결국 나는 학교에서 퇴학을 맞을 위기에 처하게 되었다. 그 무렵 내 별명이 '장보고'가 된 것은, 매번 장 보고 돈 가져온다는 거짓말 아닌 거짓말을 변명처럼 했기 때문이었다.

그 날도 나는 집에 가서 회비를 받아오라는 선생님께 교실 밖으로 쫓겨나서 복도에서 어슬렁거리고 있었다. 그때 복도를 순시하던 교감선생님에게 발각이 되었다.

"너 왜 공부 안하고 여기 나와 있느냐."

나는 울먹이면서 자초지종을 얘기했다.

"사친회비를 가져오라 그러시는데 가 봐야 가져올 수도 없고, 갈 수도 없어요. 집에 가도 엄마도 없고요……."

교감선생님은 나를 교무실로 데려가 내 생활기록부를 들춰보셨다. 그리고 여러 가지를 생각하시는 것 같더니 나를 쳐다보시다가 진지하게 말을 꺼내셨다.

"그래, 네가 어려운 상황같구나. 그렇다면 내가 학비를 면제해줄 수 있는 일을 너한테 줄 테니 그 일을 할 수 있겠느냐?"

교감선생님은 나를 도와줘야 되겠다는 생각을 하신 것 같았다. 그리고 그 날 이후 도서관을 나한테 맡기셨다. 나는 도서관에서 책을 빌려주는 절차나, 떨어진 책을 손질하고, 신간 도서 관리를 하는 등 도서관장의 역할을 하면서 학비를 면제 받았다. 덕분에 이후로는 공부에 열중할 수 있었고, 도서관에 있는 책을 많이 읽을 수 있었다. 어린 나이였지만 칸트, 니체, 셰익스피어의 희곡 등 닥치는 대로 읽었다. 성적은 일취월장하여 내가 다녔던 중학교 역사상 최고의 점수를 받는 우등생이 되었다.

당시 입시는 인문계 고등학교를 가야만 대학교를 갈 수 있는 제도였다. 물론 고등학교 진학도 막연했던 나는 대학교에 갈 처지가 안됐다. 나는 다시 교감선생님을 찾아갔다.

"선생님, 저는 고등학교를 어디로 가야 되겠습니까?"
"가정 형편도 어렵고 빨리 돈을 벌어야 할 상황이니 사범학교를 가는 게 어떻겠느냐?"

사범학교는 교육대학의 전신으로 초등학교 교사를 양성하는 곳이었다. 당시 전국에 사범학교는 서울사범, 청주사범, 대구사범, 광주사범 등 몇 개뿐이었다. 다들 힘들고 어려웠던 때라 경쟁도 치열했으며 게다가 특차였다.

나는 교감선생님의 제안을 받아들여서 사범학교를 가려고 했다. 그러나 끝내 대학교에 꿈을 못 버리고 특차로 사범학교를 지원하고 1차인 청주농고에 응시원서를 내고 시험을 봤다. 청주농고에서는 1등 합격이라는 통지를 받고, 3년간 장학금도 보장해 주겠다는 약속도 얻었다. 하지만 결국 대학교에 갈 형편이 안 될 것 같은 좌절감에 진학을 포기해야 했다. 나는 결국 치열한 경쟁율을 뚫고 3년제인 사범학교에 진학했다.

사범학교는 교모에 '사(師)'자로 된 배지가 붙어 있었다. 그것을 달고 다니면 사람들이 '아, 쟤 사범학교 다니는구나, 공부 잘 하

는구나. 가난하지만 천재다' 라고 선망어린 눈으로 쳐다보는 정
도였다.

　당시 우리 가족은 피난민주택에 살았다. 너무 가난해서 매 끼니
는 강냉이밥으로 때워야 했다. 어머니는 내게 주시는 강냉이밥에
는 쌀이 조금 섞인 걸 주셨다. 아들이어서 받은 특혜였다.

　가난은 매일의 호흡 같았다. 그 시절 고등학교 교복은 아래가 잿
빛 바지였고 위에는 하얀 색이었다. 내 교복 바지는 너무 오래 입
었기 때문에 낡고 헤어져 사타구니를 누벼서 입고 다녀야 했다. 교
복과 함께 신었던 신발은, 다 떨어진 군화로 앞에 입이 벌어져서
손질해 신고 다녔다.

　사범학교는 남녀 공학이었고, 한참 예민한 시절이었지만 그런 복
장이 창피해도 어쩔 수가 없었다. 그렇게 다닐 수밖에 없는 어려운
환경이었고, 그저 밥 먹고 학교에 다닐 수 있다는 것에 감사했다.

　어머니에게 나는 삶의 동기였다. 아들 자식 하나 키우는 재미로
온갖 험한 장사를 다 하고 아침부터 저녁까지 일만 하셨다. 형편이
어려워서 불을 때지 못하고 추운 방에서 이불을 뒤집어쓴 채 공부
를 하고 있으면, 그런 아들을 위해 밤 12시에라도 떡국을 끓여서
냄비가 식지 않게 앞치마 밑에 넣어와 "종구야, 공부하냐?" 하며
떡국을 내미셨던 어머니…. 그런 어머니를 생각해 나는 더 열심히
공부에 집중했다.

　이 험한 세상 가운데 나를 낳으시고 과부가 되어 나를 키우시기
위해 모든 수고를 마다 하지 않으시며 오직 나를 위해 삶을 사셨고

희생하신 분이다.

내가 월남에 있을 때 믿음이 없으신 어머니는 정화수를 떠놓고 아들이 무사히 살아 돌아오기를 매일 매일 정성껏 기도하셨다. 그만큼 나를 사랑한 사람은 세상에 없다. 어머니가 있었기 때문에 내가 있고 그 사랑이 나를 키웠으며 지금도 어머니의 그 사랑을 나는 그리워한다. 이런 어머니가 그리울 때마다 묵상하는 말씀이 있다.

"여인이 어찌 그 젖 먹는 자식을 잊겠으며 자기 태에서 난 아들을 긍휼히 여기지 않겠느냐 그들은 혹시 잊을찌라도 나는 너를 잊지 아니할 것이라"(이사야 49장 15절).

내가 영국에서 사업을 하며 어려운 상황에 놓일 때마다 주님은 외면하지 않으시고 나를 잊지 않으시며 주님의 능하신 오른 팔로 나를 붙드셔서 오늘에 이르게 하셨다.

어머니보다 더 나를 사랑하신다고 말씀하시며, 내 이름을 손바닥에 새기시며 잊지 않으시는 하나님을 기억하지 않았다면 내 삶은 지금과 많이 달라져 있을 것이다.

교사가 되다

• • •

    나는 1963년에 사범학교를 졸업했다. 졸업 후에는 근무할 학교로 발령을 받아야 했다. 교사로 발령을 받기 위해 호적을 떼어 봤더니, 출생일이 한 살 적은 1945년 생으로 되어 있었다. 교사 나이로 1년이 부족했다. 발령이 나려면 1년을 기다려야 하는 상황이어서 나는 법원을 찾았다. 그리고 호적생년을 1945년에서 1944년생으로 고쳤다. 그날 이후로 나는 1944년 7월 3일생이 되었는데 실제 나는 45년 7월 3일 출생했다. 당시에는 부모들이 자식의 수명을 길게 한다고, 출생신고를 늦게 하는 경우가 많았다. 그런 관행이 많다보니 법원이 이를 인정해 준 것이다.

    드디어 그해 2월 말에 나는 사범학교를 졸업하고 3월 1일부로 발령을 받았다. 졸업은 했지만 청주에는 자리가 없어서 나는 할 수 없이 자리가 많은 경상도로 발령 신청을 냈다. 발령을 받아 경상도로 출발하던 날, 청주에서 조치원으로 가는 버스 안에서 어머니는 덩실덩실 춤을 추셨다. 아들이 이제 선생이 됐다며 기뻐하시던 모습이 아직도 눈에 선하다.

이불 보따리를 들고, 야간행 완행열차를 타고 대구에 내려 도청에 가서 나의 발령지를 확인했다. 나의 첫 부임지는 영일군 죽장면 상사리에 소재한 상사국민학교였다. 지독히 외진 산골이었다. 포항에서 버스를 타고 직장에 도착해 그곳에서 상사까지 45도 각도의 가파른 산길을 반나절 이상 올라가야 도착할 수 있는 곳이었다. 내가 일하게 될 학교는 그 산에 있는 상사초등학교 분교였다. 1, 2학년 합반 3, 4학년 합반, 5, 6학년이 합반을 해서 교사가 4~5 명밖에 안 되는 규모였다. 그래도 나는 기뻤다. 처음 선생님 발령받고 너무나 기뻐서 두 주먹을 불끈 쥐고 '나는 정말 좋은 선생이 되겠다. 대한민국의 페스탈로치가 되겠다.' 고 다짐을 하면서 거친 산비탈을 이불 보따리를 메고 땀을 뻘뻘 흘리며 올라갔다.

1, 2학년을 담임 맡았고, 아침마다 토끼고기가 나오는 사냥꾼집에 하숙을 했다. 여교사가 없는 학교에 초년생이 발령을 받아 왔으니 1, 2학년 담임을 맡겼는데, 나는 참 재밌었다. 교장선생님도 어린 교사의 열심을 참 예쁘게 봐주셨던 것 같다.

박정희정권 시절, 국민재건 보건체조라고 해서 국민학교 학생들에게 오전 2교시 후 30분 동안 운동장에서 무용을 가르치는 것이 있었다. 우리 학교에서는 그 무용을 가르칠 여교사가 없어서 대신 남자선생으로 제일 어린 내가 선택되었다. 아이들에게 무용을 가르치기 위해서는 교사인 내가 먼저 교육을 받아야 했다. 8월 여름방학에 나는 무용을 배우러 포항으로 향했다. 교육을 받으러 온 교사들은 전부가 여선생님들이었다. 나는 청일점이었지만 재밌게 배웠고 열심히 강습을 받았다. 개학을 하고 보건시간에 운동장 단상 위에는 내가 올라갔다. 무용의 동작을 음악에 맞추어 선보이고 전교생이 따라할 때 나는 마이크로 하나둘셋 구령을 붙였다.

5, 6학년 여학생들은 방과 후에 무용을 가르쳐 달라고 나를 찾아와서 미끄럼틀 옆 운동장에서 무용을 지도하기도 했다. 1, 2학년 꼬마들이 구경을 하다 끝이 나면 내게 다가와 "곤대 태워주이소 곤대 태워주이소." 하고는 했다. 곤대는 경상도 말로 그네의 사투리다.

여자가 태어나 쌀 한 말도 못먹고 시집간다는 상사리. 자동차도 못 보고, 기차도 못 보지만, 날아다니는 비행기는 본다는 외진 산골 상사리에서 나는 아이들과 함께 한 마음 한 가족이 되었다. 행복했다.

그렇게 3개월이 지난 어느 날, 교감 선생님이 나를 불렀다. 내가 대구로 발령이 났다고 했다.

"어떻게 대구로 발령이 납니까?"

"원래는 도청에서 발령을 낼 때 제일 성적이 좋은 사람을 1차로 대구 시내에 발령을 내줬답니다. 그런데 이번에는 일부러 성적이 좋은 사람을 오지로 발령을 낸 거라오. 3개월 동안 근무 태도를 보고 좋은 사람만 추려서 다시 대구로 발령을 내는 정책을 세웠던 거지요. 사실 이건 비밀로 했던 건데, 이 선생이 현장 교사 실습에서 합격을 한 겁니다.”

교사가 대구 시내 학교에 들어가려면 내신 성적과 근무 평점이 필요한데, 시골에서 근무를 하면 가산 점수를 받아 오래 있을수록 유리해진다. 그래서 다른 선생님들은 대구에 들어가기 위해 일부러 가산점이 있는 시골에서 근무를 하며 5년, 6년 동안 대기를 하기도 했다. 그런데 어린 내가 3개월만에 대구로 발령이 나자 학교에 오래된 교사들은 모두 깜짝 놀랐다.

학교 성적이 A학점이었던 우수자들을 직접 대구시내에 발령을 내지 않고 3개월 동안 오지에서 현장 적응 훈련을 한 후 그 중에서 또 선별하여 대구시내로 발령을 내는 정책을 처음 알게된 것이다. 지금 생각해 보면 지금의 내가 있기까지 예비하신 하나님의 축복이었지 않나 싶다.

몇 개월 안 되는 기간이었지만 떠나는 날 정이 든 아이들이 산꼭대기까지 따라오며 눈물을 흘렸다. “다시 오이소이” 하며 흔들던 고사리같은 손이 지금도 눈에 선하다.

나는 3개월 전 메고 올라왔던 이불보따리를 둘러메고 이제는 가파른 산길을 소사와 함께 내려와 버스를 타고 대구에 도착했다.

“이종구 선생님은 대구에서도 가장 ‘좋은 학교’에 발령을 받으셨습니다.”

대구 교육청에 가서 장학사를 만난 자리에서 들었던 말이다. 나는 어리둥절했다.

내가 대구에서 발령받은 곳은, 일제시대 때 '히도 국민학교'라고 불린 대구 제일의 번화가 노른자 지역에 위치한 종로 초등학교였다. 장학사가 말한 '좋은 학교'란 뜻은 아마 학부형들이 선생들에게 대접을 잘 해주는 그런 학교를 두고 한 말이었을 것이다.

당시는 중학교도 입학시험이 있어서 교사들이 아이에게 관심을 두고 잘 가르치고 점수를 잘 줘야만 좋은 학교에 갈 수 있었다.

그렇게 대구로 발령을 받고 학교 바로 옆 하숙집에서 하숙을 하게 되었다. 부임 첫날, 나는 머리를 짧게 깎고 교무실로 들어갔다. 그런데 선생님 한 분이 다가와 "어떻게 오셨습니까?" 하고 내게 물었다. 그 학교 교감선생님이었는데 짧게 머리 깎은 나의 외모를 보고 잡상인이나 깡패로 지레짐작했었던 것 같다. 내가 "이 학교 부임을 받고 왔는데요"라고 대답하자 교감선생님은, '고등학교 학생같이 어려 보이는 친구가 교사로 발령을 받고 와서 굉장히 놀랐다'고 후에 말했었다. 그때 내 나이 19살이었으니, 게다가 머리도 빡빡 깎은 샛노란 햇병아리 선생이었으니 그럴 만도 했을 것이다.

타락의 길에 빠지다

•••

그때까지 나는 영화구경을 해 본 적이 없었다. 학교에서 단체로는 가 보기는 했지만 개인적으로는 돈이 없어서 엄두를 낼 수 없었다. 곁에 연애하는 친구들도 많았지만, 극장 구경도 제대로 하지 못해본 나는 여자가 50미터 밖에만 와도 고개를 숙이고 갈 정도로 순진했고 숙맥이었다.

그런데 대구의 '일류' 국민학교 교사가 되면서 나는 엄청난 속도로 세상에 물들기 시작했다. 마치 솜이 먹물을 빨아들이듯이 세속에 젖어갔다.

학부형이 찾아와 봉투를 두고 간 날이었다. 나는 봉투를 들고 손을 벌벌 떨면서 학년주임 선생님을 찾아갔다.

"어떤 부형님이 이걸 가지고 오셨는데 어떻게 해야 합니까?"

학년주임은 “그것은 학부형의 인사니까 예의로 받아두세요.”라며 나를 돌려세웠다. 그 후로 나는 학부형들이 들고 온 봉투들을 하나도 마다하지 않고 다 받았다.

그 무렵 서울에서 KBS의 합창 지휘자였다고 하는 친구가 학교에 찾아왔다. 나는, 학생들 가운데 어린이 합창단원을 보내 달라며 같이 일을 해보자는 그의 ‘꾐’에 넘어갔다. 아이들을 합창단원으로 보내주면서 그 친구와 어울리기 시작했는데, 그러면서 나는 그에게 담배도 배웠고, 술도 배웠고, 여자도 알게 됐다.

시간이 나면 그 친구와 다방에 가서 어울렸고, 향촌동이라는 번화가에서 매일 술을 마셨다. 심지어 위스키 시음장에서 자고 이튿날 아이들 수업을 하러 가기도 했다. 잠깐 사이 나는 엄청난 변화를 겪고 타락의 길을 걷게 됐다.

청자 담배를 모시 반소매 남방 주머니에 집어넣고 다니면서 비싼 담배를 태운다고 은연 중에 으스대려고 했고, 청자 다방에서 달걀노른자를 넣은 커피를 시켜 놓고는 다방레지와 노닥거리며 베토벤 No.9이나 합창교향곡을 지휘하는 흉내를 내며 지휘자인 체했다. 저녁에 백만불홀이나 만수홀니 하는 위스키 시음장에서 리베라 위스키나 도라지 위스키를 마시며 여자와 술에 취해 비틀거리는 인생에 정신없이 빠져들었다.

학교에 ‘안신자’라는 선생님이 있었다. 어느 날 그분이 내게 찾아와 자기와 얘기 좀 하자며 말을 건넸다. 그리고 복음을 전하기 시작했다.

"이 선생님은 지금 열정적으로 하고 계시는 선생님의 힘이 어디서 나온다고 생각하세요?"

"아니, 힘이 누구한테서 나옵니까? 나한테서 나오는 힘이 내 것이지 내 주먹이지."

나는 내 주먹을 흔들어 보였다. 예수님에 대한 이야기를 전하려고 했던 안 선생님은, 나의 강한 자아에 부딪히자 크게 낙담했다. 그분은 신앙이 매우 돈독한 분으로 나는 그분을 통해 처음 예수에 대해 희미한 소식을 듣게 됐다.

당시 나는 5시 반에 학교 업무를 끝내고 야간대학에 다니고 있었다. 영남대학교 영문학과 야간부를 다니고 있던 나는, 여전히 낮에는 교사로, 밤에는 공부하는 주경야독하는 학생으로 겉보기에 성실한 생활인이었다. 그러나 술과 친구와 여자로 타락의 길을 가고 있었다. 그로 인한 나 자신에 대한 혐오는 깊어만 갔다.

연로하시고 지병이 드신 어머니 소식이 왔지만 주체할 수 없는 자기 혐오, 방황이 점점 나를 지치게 하면서 모든 걸 포기하고 싶은 상황으로 몰고 갔다.

거기에는 대구로 오기 전, 순종적이었지만 어두웠던 나의 청소년기의 우울함이 지배하고 있었다. 누더기 같은 옷과 앞창이 헤어져 너덜거리는 신발을 신고 다녀야 하는 서럽도록 시린 가난에, 시장에서 음식장사를 하시느라 바쁘셔서 자녀 양육을 제대로 하지 못하신 과부 어머니, 친척들과 이웃들은 우리를 거지 취급하며 놀리며 업신여겼다. 내 주위의 친구들조차도 모두 빈곤한 가정에서 태어나 소년원이나 감옥을 자주 드나드는 사람들뿐이었다. 우리가 살던 집 근처 골목 안에 사는 사람들 중에 감옥에 안 간 사람이 없었고 대학을 나온 사람도 없었으며, 소매치기, 깡패, 술집여자들뿐이었다.

> "두려워 말라 네가 수치를 당치 아니하리라 놀라지 말라 네가 부끄러움을 보지 아니하리라 네가 네 청년 때의 수치를 잊겠고 과부 때의 치욕을 다시 기억함이 없으리니" (이사야 54:4).

내가 경영하는 사업이 안정적인 기반에 서고 여전히 분주하게 살아가던 어느 날 아침이었다. 말씀 묵상을 하는데 눈에 들어온 이 말씀. 바로 내 암울했던 십대와 이십대 초반을 위로하시는 말씀으로 다가왔다.

하나님이 없는 삶은 비참하고 희망이 보이지 않으며, 웃음과 기쁨이 없는 암울함 뿐이었다. 이 모든 것이 하나님의 은혜였으며 그분은 나를 조금씩 그의 길로 인도해 오셨던 것이다.

그 시절 암울했고 서러웠던 수치와 모멸을 나는 이제 모른다. 여기까지 인도하신 하나님께서 다 잊으셨고 기억하시지 않기 때문이다.

밑바닥까지 떨어져 괴로워하던 나는 어느 날, 대구 달성공원에 소주 한 병을 사들고 혼자 올라갔다.

저녁 해는 뉘엿뉘엿 지고, 술이 곤드레만드레 취해서 산비탈에 앉아 아래 동네를 내려다 보는데 기와집들과 창밖으로 하나둘씩 불이 켜지는 것이 보였다. 가족이 있어 일을 끝내고 가정으로 돌아가는 사람들과 저녁 밥상을 차려주는 아내가 있는, 화기애애한 풍경이 그려지면서, 혼자서 만신창이가 된 나 자신을 들여다보니 마음이 무너져내렸다. 집도 없고 가족도 없고 돈도 없고 대학도 졸업을 못 하고, 아무 것도 가진 것이 없는 내 모습이 너무 초라하고 서글펐다.

'왜 나는 가진 것이 이렇게 하나도 없을까? 저 사람들은 아무리 가난하더라도 가족이 있지 않은가?'

나는 눈물을 흘리며 술에 취해 그 자리에서 잠이 들었다. 그러다가 공원을 순찰하던 사람의 나가라는 소리에 잠에서 깼다.
그날 나는 군대 갈 결심을 하게 됐다. 아무것도 가진 것 없는 젊은 날의 초라함, 절망감, 비참함, 그것을 반전시키기 위해서 우선이 지옥같은 현실을 떠나야겠다고 생각했다.

'내가 새로운 어떤 상황으로 변하지 않으면 나는 끝날 것이다.'

나는 휴직계를 내고 군대에 자진 입대하였다.

군대에 가다

· · ·

군대에 지원하려면 고향에 가야 했다. 고향으로 가는 날, 청주역
에 내려서 집으로 가는 도중에 청주공고를 지나고 있었는데 스피
커에서 요란한 소리가 들렸다. 사람들이 전단을 나눠주면서 저녁
에 청주공고 운동장에서 외국인 선교사가 전도 집회를 한다고 홍
보하고 있었다. 나는 그쪽으로 발길을 돌렸다. 우연히 그 앞을 지
나가다가 인도를 받은 것이다. 그날 집회에서 나는 미국 선교사님
으로부터 예수에 대한 이야기를 처음 들었다. 그리고 예수님에 대
해 알고 싶은 생각이 들었다.

집회의 마지막에 사회자가 "오늘 오신 분 중에 설교를 듣고 예
수를 믿고자 하는 분들이 있으면 앞으로 나오라"고 했다. 어디서
그런 용기가 났는지, 그 많은 군중들 앞에서 나도 모르게 일어나서
앞으로 나갔다. 내가 처한 절박한 상황이 나를 그렇게 움직이게 했

다. 물에 빠진 사람이 지푸라기라도 잡으려는 심정에 있을 때에 예수의 복음이라는 밧줄이 던져져 허우적 거리던 내가 잡은 꼴이었다.

나 이외에도 몇십 명이 더 자리로 나아왔고 집회가 끝나자 선교사님이 앞에 나온 사람들에게 세례를 준다고 해서 데리고 간 곳은 청주 목욕탕이었다. 나는 뭣도 모르고 그들을 따라갔다. 그리고 탕 속에서 외국인 선교사의 영어기도를 받고 세례를 받았다.

엉겁결에 받은 세례였다. 대구 종로초등학교에서 안신자 선생님으로부터 희미하게 들었던 복음이, 청주공고에서 열린 집회 때에 가서 새싹을 틔운 것인지도 모르겠다.

논산 훈련소에 훈련을 마친 후 춘천에 있는 103보충대로 배치를 받았다. 그리고 곧 지금의 육군사관학교 뒤 퇴계원에 있는 15병참대대제에 보직을 받아갔다. 퇴계원 15대 병참대대는 군인들이 선호하던 부대였다. 서울이 가까워서 외출도 자주 나갔고 1종 2종, 3종, 4종, 전 제품, 군대에서 쓰는 장비, 기름까지 취급을 하며 관리를 했기 때문에 휴가비가 필요 없을 정도로 생기는 것이 많은 보직이었다.

그런데 그런 곳에 있다 보니 다시 내가 한심해지기 시작했다.

'아, 사람 되려고 군대에 왔는데, 또 어지러운 곳에 와서 내가 더 추락 하는구나.'

삼팔선 전방고지로 배치받고 그곳에서 내 자신을 학대하고 싶은 심정이었다.

그런데 마침 그 무렵에 월남 파병이 정부에서 결정되어 각 부대마다 참전 용사를 차출하고 있었다. 국민들 사이에서 월남 파병은 곧 전쟁터로 죽으러 가는 줄 알던 시절이었다. 그렇기 때문에 차출이 되면 어떤 빽을 써서라도 가지 않으려고 애를 썼다. 그러나 병참대대생활에 다시 통철한 정신적 혼란을 겪고 있던 내게 월남은 새로운 돌파구같이 보였다.

'이제 내가 벗어날 길은 월남에 가는 길뿐이다. 가서 나는 전쟁을 해야 되겠다. 죽어도 좋다.'

이런 생각으로 나는 월남전에 지원을 했다. 당시 월남 지원을 한 사람은 몇 사람 없었을 것이다. 그런데 3대 독자인 나는 집안에도 알리지 않고 내 스스로 월남에 간다고 지원을 한 것이다. 월남 지원군이 부족하므로 각 부대마다에 의무적으로 월남 인원을 3~4명 강제 차출을 하던 때였다. 우리 대대에서도 당연히 전부 안 가려는데 내가 스스로 간다고 지원을 하니 부대장이 좋아한 건 당연한 일이었다.

월남교육대에 가서 한 달 동안 교육을 받고 월남으로 향했다. 부산으로 내려가는 열차에 자식을 월남으로 떠나보내는 부형들이 울며불며 환송을 하는데 나는 집에 알리지 않았기 때문에 혼자였다.

열차 안에서 나는 세 가지를 결심했다. 첫 번째는 전쟁이라는 것을 경험해야 되겠다는 것이었고, 두 번째는 그 동안 나는 무엇에 미쳐본 적이 없었으니 전쟁터에 나가 한 번 미쳐봐야 되겠다는 것이었다. 세 번째는, 그 동안 정신적인 고생이 전부였던 자신에게, 정신적인 고생이 더 힘든 지 육체적인 고생이 더 힘든 지 시험해야겠다고 생각했다.

나의 정신적인 방황이, 너무 편해서 생긴 사치병이라는 생각에 육체적인 고통을 겪어보면 정신적인 방황이 없어질 것이라 믿었다. 이 세 가지가 월남지원장병 이종구가 자기 자신에게 내린 선전포고였다.

미국에서 제공하는 배를 부산에서 타고 배 밑에 들어가 1~2주 정도 여행을 했던 것 같다. 우리는 나트랑에서 내렸다. 멀리서 쿵쿵 폭탄이 터지고 야단이었다. 모두들 각오가 되어 있었지만 '이제 정말 전쟁터에 왔구나' 정신이 번쩍 들었다.

한국전쟁 당시 미군들이 지나가면 아이들이 쫓아가며 "초콜릿 기브 미" 했듯이, 우리가 트럭을 타고 부대로 가는데 월남의 아이들이 트럭을 따라오며 손을 내밀었다.

그런데 죽기 살기로 결심하고 전쟁터에 온 나는 공교롭게도 사단 연대작전과에 배치가 되어 작전은 나가지 않고 상황실에서 근무를 하게 됐다. 하루 종일 지하 벙커에 들어가서 상황실 일만 하고 차트만 만들면서 '아, 내가 또 왜 여기 와 있나. 월남까지 와서 땅속에만 갇혀 있는가. 싸우려고 왔는데 작전도 못하고 가는 거 아닌가' 하는 생각이 들었다. 나는 연대 선임하사를 찾아갔다.

"저를 소총소대로 보내주십시오"

연대 선임하사가 내 얘기를 듣고 가당치 않다는 듯이 웃었다.

"소총소대 배치된 사람들은 죽을까 봐 하다못해 연대로, 사단행정
부서로 오려고 청탁을 하는데 자네는 거꾸로 연대 상황실 이 안전
한 곳에서 소총소대로 지원을 한다는 건가?"

그럼에도 불구하고 내가 재차 청원을 하자 선임하사는 "네가
정신이 똑바로 박힌 놈 맞아?"라며 구둣발로 내 정강이를 찼다.
거기에도 굴하지 않고 나는 "제가 싸우려고 월남에 왔지 상황실
에 있으려고 온 게 아닙니다!" 라고 맞섰다.
    결국 선임하사는 "너 갈 적에는 네 맘대로 가지만 올 때에는 네
맘대로 못 온다!" 고 하면서 나를 소총소대로 배출시켰다.
    그렇게 해서 나는 소총소대원이 되었다. 소총소대는 직접 베트
콩과 싸우는 부대였다. 연병장에 텐트를 치고 거기서 자고 거기서
먹고 거기서 세수하고 거기서 훈련받았다. 어느 날 명령이 떨어지
면 그대로 작전에 투입되었다. 본격적으로 육체적인 고통에 대한
경험이 시작 된 것이다.
    섭씨 40도에 가까운 무더운 열대 기후 속에 하루 종일 20킬로그
램 가까이 되는 군장을 뒤에 매고 M16을 들고 땀을 흘리며 연병
장을 뛰고 들어오면 온 몸에 땀이 비처럼 흘렀다. 적도의 타는 햇
볕으로 타들어가는 텐트 속에서 군장을 벗고, 드럼통에 물을 담아

*
니

높이 매단 공중목욕탕에서 샤워 아닌 샤워를 한 후, 가마솥에 전투식량(시레이션)을 끓인 꿀꿀이 죽을 한 그릇 떠먹고 야전 침대에서 잠을 잤다. 하늘에는 십자성이 반짝거리고 누운 내 눈에는 어느덧 눈물이 흘러내렸다. 이게 무슨 짓이란 말인가….

소총소대에는 대개 서울에서 구두닦이, 감옥을 드나들던 문제아, 깡패들, 초등학교도 안 간 사람들이 많았다. 얼굴이 햇볕에 끌어 까맣게 탔고 눈은 올빼미 눈처럼 반짝거렸다. 그 눈은 베트콩을 사살시킬 만큼 빛이 났고 살기가 있었다. 싸움 잘 하고 총은 잘 쏘지만 글을 읽을 줄 모르는 사람이 전부였다. 글을 쓸 줄 아는 이들이 없다 보니 나는 그곳에서 그들의 연애편지를 읽어주고 대필해주는 일을 했다. '어머니 전상서'는 부대원들에게 매일 써서 주는 안부편지의 서두였다.

작전에 나가면 한 달 동안 산에서 살게 되는데, 수염도 못 깎고, 한 달 동안 같은 옷을 계속 입어야 했다. 월남은 모든 나무에 가시가 있다. 그 가시에 찔리고, 손에 긁히고 월남복이 찢어지는 일이 다반사였다. 스콜이 쏟아지면 그 비를 다 맞아야 했기 때문에 젖은 상태에서 버티다가 옷을 벗어 짜서 다시 입고, 군화에 찬 물을 털어 신어야 했다. 그런 와중에 산을 오르고 내리면서, 밀림을 뚫었다. 아무도 다니지 않는 무성한 숲을 칼로 길을 내며 보이지 않는 적을 향해 행군했다.

군량이 떨어질 때 쯤에는 헬리콥터를 통해 공급을 받았다. 헬리콥터가 날아와서 전투식량을 떨어뜨리면 산 위에서 경계하고 있다가 순식간에 내려가서 짊어지고 올라와야 했다. 베트콩이 매복하고 있다가 우리를 공격할 수 있기 때문에 서둘러 움직여야 했다. 전투식량을 두 개씩 지고 올라오는 일도 여간 힘들고 고된 일이 아니었다. 정글에 떨어진 나뭇잎은 썩어서 미끄러지기 쉽고 일단 미끄러지면 몇 바퀴를 굴러야 했다. 물이 부족하여 수통을 나누어 마셔야 했다. 나는 지금도 물통에 입을 안 대고 물을 마시는데, 이때 배운 방식이다.

어느 날인가 행군 중에 폭포수를 만났다. 나도 모르게 달려가 폭포수 밑에서 물을 마셨다. 그 모습을 발견한 부대장이 놀라 쫓아와 내 군모를 총대머리로 내려쳤다. 내 행동은 부대원 모두에게 매우 위험한 상황을 초래할 수 있었다. 물가에서 매복하고 있던 베트콩이 있었다면 완전히 포위되어 포격당할 수 있기 때문에 물가나 폭포수는 언제나 신중히 접근해야 했다. 정신 없이 폭포수 밑에 들어가 물을 마시다가 부대장에게 혹독하게 맞으면서 나는 다시 한번 나 스스로에 대해 비참함과 비애를 느꼈다. 죽기를 결심하고 왔지만, 생존을 위해 물 한 모금 앞에 무너져내린 나 스스로에 환멸이 왔다.

베트콩과 작전이 벌어지면 우리의 화력이 높다는 것이 여실히 드러났다. 수천 발을 쏘고 죽어있는 베트콩들을 확인하러 가서 그들을 보면 그들에게는 총이 없었다. 죽은 시체의 주머니를 다 훑다보면, 어떨 때에는 주머니에 피에스타(당시 월남 화폐단위)가 나오는데, 죽은 베트콩들 보며 '너는 이것도 못 쓰고 죽었구나.' 속으로 안타까운 마음이 들었다. 베트콩 시체들을 찾으러 오는 후속군들까지 잡기 위해 우리는 죽은 베트콩을 밤새도록 방치해 두고 주위에 매복을 했다. 크레모아를 설치하고 원으로 둥그렇게 누워 발마다 끈으로 서로 연결하여 비상시에 모두를 깨울 수 있도록 준비하고 야간 보초는 사람 키만한 참호 속에 들어가 전후방을 주시했다.

정글의 밤은 하얗다. 썩은 나무와 잎에서 나는 인이 밤이 되면 하얗게 야광을 내기 때문이다. 어떤 때는 맹수가 전투식량 통을 뒤지기 위해 접근하는데 그때마다 비상이 걸리기를 여러 번. 실수로라도 일단 총을 발사하게 되면 매복 장소를 한밤중이라도 옮겨야 했다. 쫄병부터 고참순으로 불침번이 교대로 세워졌다. 전쟁이라는 것은 정말 지옥이었다. 후에 그리스도인이 되고, 나는 이 때를 기억하며 우리 신앙인들의 영성도 비슷할 거라는 생각을 했다. 언제 어느 결에 유혹이나 시험이 올지 모르는 시대를 살아가는 우리가 깨어있지 못하면 결국 사탄의 공격을 받듯이 적군의 공격도 받을 수 있기 때문이다.

그런 가운데 나는 작전일기를 썼다. 우리가 공수 받은 시레이션(전투식량)상자에는 먹을 것 이외에 용변용 미제 휴지가 들어 있었다. 나는 동료에게 1달러를 주고 펜을 구해 그 미제 휴지에 일기를 썼다. 정사각형의 휴지에 그날 하루 동안 일어났던 일과 생각을 쓰고, 비에 젖지 않게 비닐에 넣어서 배낭 깊숙이 넣어뒀다.

펜팔은 월남 장병들에게 최고의 낙이다. 당시 <로맨스>라는 잡지가 있었는데 그 잡지에 내가 쓴 '작전일기'가 실리게 되었다. 한 달이 지났을까, 소총소대로 위문편지가 굉장히 많이 도착했다. 수백 통의 편지가 내 이름으로 도착한 것을 보고 모두 부러워했다.

그 가운데 어느 국민학교 선생님이, 반 아이들의 편지꾸러미를 통째로 보내온 것이 있었다. 그러면서 자신도 인사말에 대신한 편지를 내게 써 동봉했다. 나는 그 선생님께 감사인사를 보냈고 자연히 펜팔을 시작하게 되었다. 그리스도인이었던 그분은 편지와 함께 마태복음과 요한복음 같은 쪽복음을 보내왔다. 나는 그것을 굉장히 비판적으로 읽었다. 그래서 내 전용 편지지였던 휴지에 이렇게 답장을 써 보냈다.

선생님 말씀처럼 하나님이 살아계시다면 오늘 내가 죽인 베트콩의 비참함을 어떻게 해석해야 합니까. 선하신 하나님이라면서 어떻게 그런 것을 보고 가만히 계십니까!
그리고 예수님이 갈릴리 호수를 걸었다고요? 인간이 어떻게 물 위를 걸을 수 있습니까? 물로 포도주를 만든다고요? 죽은 사람을 살렸다고요? 말도 안 됩니다.

나는 마구 공격을 했다. 하나님이 정말 살아계시다면 이 참혹한 전쟁을 먼저 끝나게 하시고 불쌍한 월남 사람들을 평화 속으로 인도해야 하지 않겠느냐며 반박했다.

베트콩을 숨겨줬다고 월남 민간인을 사살하고, 방바닥 밑 참호 속에 숨어있다가 발각되어 살려달라고 애원하는 여인네와 아이들을 향해 수류탄 핀을 뽑고 몰살을 시키는 상황이었다. 월남여자들이 벌거벗겨 강간을 당하고 시체는 유기되었다. 베트콩이 한국사람을 잡으면 껍데기를 벗겨 죽이고, 한국사람이 베트콩을 잡으면

담뱃불로 죽을 때까지 즐기며 죽인다는 얘기가 있었다. 참으로 전쟁은 인간이 짐승보다 못하고 잔인하다는 것을 여실하게 보여주는 현장이었다.

나는 어쩌면 나 스스로에 대한 분노를 예수님을 빙자해 그 선생님한테 냈는지도 모르겠다.

사랑이 많으신 하나님이 이런 지옥 같은 현장을 그냥 보고만 계시다는 건 새빨간 거짓말입니다. 상경자 선생님, 거짓말하지 마시고 이성적으로 생각하십시오!

나는 편지에 이런 식으로 반발하는 훈계를 써서 보냈다. 수십 년이 지난 지금도 내 기억에 상경자 선생님은 참 참을성이 많은 분 같았다. 그렇게 지독한 비판에도 불구하고 계속 편지를 보내주셨기 때문이다. 정작 복음은 거부했어도 월남에서 귀국하면 만나보고 싶었고, 상황이 여의치 않아 끝내 인연으로는 발전하지 못했지만 오래도록 기억에 남은 분이다. 이제서야 종로국민학교시절 안신자 선생님 그리고 월남전에서의 상경자 선생님이 내게 예수를 전했고, 진심으로 하나님 백성이 되기를 기도해 준 분이라는 생각이 든다. 그분들은 내게 예수의 불을 지피려고 내게 부채질을 하신 분들이었다.

산에서 한두 달 이상의 기간을 지내다 보니, 머리는 산발이 되고 수염도 굉장히 길게 자랐다. 또 산을 올라가고 내려가고를 반복하기 때문에 작전이 끝나고 내려와서 평지에 내려오면 발의 감각이 정상적이지 않아서 층계를 헛디디는 것처럼 넘어지고 평형감각을 잃어버리곤 했다. 그렇게 피곤하고 힘든 중에도 작전에 갔다 돌아오면 이내 술판이 벌어졌다. 그 자리에서는 베트콩을 가장 많이 죽인 사람, 총 자루를 가장 많이 거둬들인 사람에게 무공훈장이나 표창이 주어졌다. 그리고 일주일 동안 아름다운 붕타우 해수욕장에 가서 진탕 먹고 놀았다. 그 후 부대로 귀대해 다시 작전 훈련에 들어갔다가 또 전투에 투입이 되었다.

　내가 월남에 있었던 기간에 큰 사건이 하나 있었다. 구정공세 사건이라고 명칭된 이 사건은 엄청나게 큰 월맹군 반격사건이었다. 월맹군들이 탄산넛 공항까지 공격하여 들어온, 굉장히 위험했던 이 전투로 우리 아군은 상당한 피해를 입었다. 미국의 간장을 더 서늘하게 했던 구정공세였다. 나는 그 전투현장경험을 하게 되면서 기어이 육체적인 고통을 끝내 참지 못하는 상황에 직면하게 됐다. 월남 전쟁터에 온 것을 그때까지 집에 알리지 않았던 나는 그때 비로소 집에 편지를 썼다.

　　어머니, 제가 월남에 와 있습니다.

　　평안하신지요.

　　전쟁터에 있지만 살아서 꼭 돌아가겠습니다.

여전히 귀한 당신의 3대 독자 아들이 보낸 편지를 받은 어머니가 까무러칠 정도로 놀란 건 당연한 일이었다. 한국 퇴계원에서 안전하게 군생활을 하고 있다고 알고 있던 어머니는 나를 부대에서 빼내려 백방의 노력을 하셨고 친척 중에 군부대에 참모로 계신 분을 찾아가서 하소연을 하신 것 같았다. 내가 편지를 보낸 얼마 후 나는 중대본부에 불려갔다.

"이종구 병장, 중대 본부로 올라오라!"

확성기를 통해 나를 다급히 찾던 중대장은, 나를 보자 "임마, 너 주월한국군사령부에 무슨 빽 있어? 빨리 더블백 싸가지고 오후 1시까지 중대본부로 올라와. 사이공으로 전출이다." 라고 말했다. 내 전출을 명령한 장군님은 당시 제1군 야전 작전참모 사령관이었는데 나의 편지를 받고 어머니가 쫓아가서 읍소를 하자, 사이공에 있는 주월한국군사령부로 나를 전출시킨 것이었다. 졸병을 헬리콥터까지 동원해서 사이공으로 공수시킴은 거의 드물고 신속한 전출이었다.

그렇게 해서 긴급 발령이 난 나는 주월한국군사령부가 있는 사이공으로 가게 되었다. 현재의 호치민시인 사이공과 내가 지냈던 소총부대의 환경은 하늘과 땅 차이였다. 그야말로 지옥에서 천국으로 올라온 기분이었다. 주월한국군사령부 숙소는 자체가 New Prince호텔이었고 사병마다 호텔방이 하나씩 배정되었다. 한국군이지만 사령부 요원은 UN군 취급을 받았고, 미군식당에 가서 자유로이 식사를 할 수 있었다.

주월한국군사령부는 장교보다 사병이 더 귀했다. 휴가증, 씨레이션, PX카드 등을 나눠주는 담당이 사병들이다보니 오히려 장교들이 부탁을 해오곤 했다. 갑자기 신분 격상이 된 나는 곧 병장에서 일반 하사로 올라갔다. 소총소대 경험이 나를 병장에서 일반하사로 올라가게 한 것이다. 보통 제대는 병장으로 하는데, 나의 경우는 일반하사가 되어서 직급이 좀 높았고 월급도 두 배로 뛰었다.

서서히 참을성 없고 타락하기 쉬운 내 영혼이 다시 고개를 들기 시작했다. 사이공의 화려한 군생활에 흡수되면서 옛날의 방탕한 생활에 다시 적응해 갔다.

당시 PX카드를 가지고 PX에 가서 맥주나 술을 싸게 사 오면 월남택시 운전사들이 기다리고 있는데, 몇 상자를 실어주고 돈을 받고 넘겨주면 순식간에 몇십 배가 남는 장사가 되었다. 이 돈으로 저녁에 동료들과 사이공 시내에 있는 클럽에 가서 술을 마시고 춤추고 월남 여자들을 상대하고, 미친 듯이 타락의 늪으로 다시 빠져들어가게 됐다.

이렇게 나는 정신적인 고통에도 졌고 육체적인 고통에도 졌다. 사이공에 와서 다시 타락한 생활 속에서 오는 나 스스로에 대한 실망감과 고통은 더 이상 나를 견딜 수 없게 했다. 막다른 골목에 다다른 내 머릿속에 '죽어야겠다'는 생각이 들기 시작했다. 죽는 방법은 간단했다.

매일 아침 식당에 가면 말라리아 약이 비치 되어 있었다. 그 말라리아 약을 몇 십 알을 맥주와 함께 먹고 햇볕에 누워있으면 경련을 일으키면서 죽게 된다는 걸 알고 있었다. 나는 죽음만이 나를 지킬 수 있고 이 고통에서 벗어나는 것으로 결론지었다. 나는 말라리아 약 30알을 주머니에 넣어가지고 부대 정문 앞으로 나갔다.

부대 정문 앞에는 늘 월남할머니들과 월남아가씨들이 아이 하나씩을 앞에 놓고 땅을 치고 울고 있었다. 한국 병사들이 월남여자와의 사이에서 아이를 낳고 어느 날 말도 없이 귀국을 한다든지 하는 방법으로 도망가자, 버려진 아이의 엄마 되는 아가씨와 그녀의 어머니는 아이 아버지를 찾아달라고 매일 부대 정문 앞에 바리케이트 밑에서 통곡을 했다. 그날도 나는 그 풍경을 보며 저들의 통곡하는 심정이 바로 내가 나에게 통곡하는 것과 같다고 생각했다. 그 통곡소리를 들으며 나는 부대 앞 건물 5층 건물 옥상에 올라가서 맥주를 먹고 약을 먹었다. 그리고 햇볕아래 누워 눈을 감았다.

얼마 후 깨어나니 주월한국군사령부 의무실에 내가 누워 있었다.

"깨어났냐? 너 임마, 부대 망신시키려고 작정을 했냐! 너 미쳤어?"

다그치는 장교앞에서 나는 겨우 입을 열어 말했다.

"저 귀국하겠습니다…."

결국 나는 귀국을 했다. 같이 갔던 동기들과 같이 돌아왔으니 12개월은 채운 것 같다. 배 안에서 나는 같이 갔던 사람들이 무지무지하게 많이 죽었다는 얘기를 들었다. 나중에 동작동 국군묘지 장병묘소에 가 보고서야 얼마나 많은 청춘들이 전쟁에 희생되었는지 알았다. 당시는 몇 명이 죽었는지 발표도 안 하고 실제로 그것을 알지도 못했던 때였다.

귀국할 때 사령관은 봉급 받는 것을 집으로 다 보내라는 교육을 했다. 그래서 대부분의 군인들은 봉급 받은 대부분을 달러로 바꿔서 집으로 보냈다. 그러나 나는 그것마저 보내지 않고 내 수중에서 다 써 버렸다. 부산에 내려 대학에 복학하면 영타 연습을 하려고 사온 이태리제 올리베티 타자기를 전당포에 맡기고 현금을 만들어 청주로 향했다.

어머니가 암에 걸려 사경을 헤매고 있었다. 불우했던 청소년기와 타락했던 20대, 월남까지 도망가며 그곳을 탈피하기 위해 무던히 방황하고 탈출을 시도했지만 결국 다시 제자리에 온 기분이었다. 부정할래야 부정할 수 없는 그 환경에 나는 다시 갇히고 만 듯한 느낌이 들었다. 고생만 하신 불쌍한 어머니. 그러나 나는 사경을 헤매이는 어머니 옆을 지키지 못하고 또 다시 상황을 피해 달아났다. 월남에서 펜팔을 통해 알게 된 여자들을 만나러 경상도와 전라도를 돌아다니며 귀국 휴가를 즐겼다.

아직 군복무기간이 4~5개월 남아 있던 시기여서 경기도 일동 8사단에서 마지막 4개월을 마치고 제대 무렵에 어머니가 돌아가셨다는 전보를 받았다. 뒤늦게 내려왔을 때 어머니는 이미 화장을 해서 청주 무심천에 뿌려지고 난 후였다.

제대 후 나는 다시 대구 시내에 내려와 대구침산국민학교로 발령을 받았다. 거기서 한 여교사를 만났다. 사범학교가 아닌 교대 출신으로 성악을 잘 하는 미인이었다. 그때 스물아홉 살이었던 나는 아홉수를 넘기면 안 된다는 주변의 얘기를 듣고 그녀에게 다가갔다. 쪽지도 보내고, 환경정리를 할 때는 가서 도와주기도 했다. 그리고 나도 음악을 좋아했기 때문에 음악담당 선생님들과 만날 때에는 자주 만날 수 있는 기회를 만들었다.

그런데 부모님도 안 계시고, 야간대학마저 졸업 못하고 군에 갓다녀온 터라 안정도 안 되고 내세울 만한 것도, 족보도 형편 없는 내게 누가 시집을 올 것인가? 그녀는 교장 선생님의 딸이었고, 미모에 성악도 잘 했다. 그래도 나는 용기를 냈다. 대학에 복학해 4학년 졸업을 앞둔 때에 그녀를 밖으로 불러냈다. 치킨맥주 집에서 그녀를 만나 셰익스피어의 맥베드 대사를 연기하듯 외우고, 미국 유학을 다녀와 대학교수가 꿈이라는 둥 어떻게든지 그녀의 마음에 들려고 노력을 했다.

예상했지만 그녀 집안의 굉장한 반대에 부딪쳤다. 어느 날인가 영남대학교 영문과 주임교수님이 나를 불렀다.

"어떤 사람이 와서 자네에 대해서 묻더군."

교장선생님인 그녀의 아버지가 나의 뒷조사도 했다는 사실을 알게 되었다. 아버지가 양자 삼았었던 부산의 형님한테도 내려간 것 같았다. 6촌 형이지만 호적에는 친형으로 되어 있었기 때문에 만나본 것 같았다. 이 사실도 형님의 전화를 받고서야 알았다.

"종구야, 누가 부산에 내려와 너에 대해 묻더라."

나는 용기를 내어 여선생님의 아버지인 교장선생님 사택을 찾아갔다. 집에 들어서자 그녀의 어머니는 빨래를 하는 중이었다. 그러나 나를 쳐다보지도 않았다. 그녀의 아버지는 그 날 내게 개고기를 대접했다. 그러면서 술을 따라주고 내 애기를 다 들어주셨다. 그날 나는 개고기를 배가 터지도록 먹고 집에 와서 결국 약방을 찾아가 약을 사먹었다.

장인어른이 보기에도 내가 한심했었을 것 같다. 하지만 그런 와중에도 나는 장인 앞에서 큰 소리를 쳤다. 결혼을 하면 미국으로 유학을 갈 것이고, 아내는 꼭 성악가를 만들겠다며 장담했다. 그런 나의 용기에 아내는 나를 신뢰하게 되었고, 우리의 결심이 세니까 결국 그녀의 부모님은 결혼을 허락했다.

이렇게 해서 아홉수를 넘기기 전에 나는 대구에서 결혼을 하게 되었다. 나 같은 사람에게 아내가 시집 온 것은 나의 힘도, 내 아내의 힘도 아닌 보이지 않는 어떤 큰 힘이 장인어른과 처가쪽을 움직이지 않았나 생각한다.

나는 지금도 아내에게 돌아가신 장인을 존경한다고 고백한다. 아무것도 없는 내게 귀한 딸을 허락한 고마우신 분, 그분이 당시 나를 알아준 유일한 분 아닌가….

직장 생활이 시작되다

. . .

    결혼을 하자마자 졸업을 3개월 앞둔 어느 날 나는 우연히 동대구역 터미널 입구 유리문에 붙어 있는 '세계로 뻗는 대한항공'이라는 구인 포스타를 보게 되었다. 대학을 나오면 응시자격이 부여되기 때문에 나는 대한항공 입사 시험에 응시를 했다. 경북 지방에서는 전체 여섯 명을 뽑는데 수백 명이 응시한 어려운 시험이었다. 어려운 경쟁이었지만 운 좋게 여섯 명가운데 한 명으로 합격을 했다. 나는 교사직을 사퇴하고 난생 처음 대구에서 서울로 올라가게 되었다.

    결혼하고 이듬해였다. 1972년도, 당시 대한항공은 최고의 직장이었다. 입사를 하고 1년 후에 아내도 퇴직을 하고 서울로 올라왔다. 1년 동안은 주말부부로 살며 학교 근무를 했던 아내가 퇴직을 하면서 받은 100만원과 내가 받은 퇴직금 100만원을 합해서 200

만원을 가지고 화곡동에 전세를 얻으러 돌아다녔다. 복덕방 할아버지는 우리가 제시한 금액을 듣고는 쳐다보지도 않았다. 비가 오는데 장기를 두며 우리를 맞은 복덕방 할아버지는, 차라리 전세를 하지 말고 집을 사는 게 어떠냐고 제안을 했다. 그러면서 4백만원짜리 집이 있는데 은행대출 100만원을 얻고, 안방은 100만원 전세를 놓고, 그 옆방에 부부가 살면 되지 않겠냐며 설득했다. 우리 부부는 그 설득에 솔깃해서 전세를 얻으려다가 집을 장만하게 됐다.

그런데 그때 그 집을 산 후 2~3년 후에 서울시내 집값이 천정부지로 올랐다. 우리가 장만한 집도 그 사이 두 배가 폭등해서 우리는 후에 그 집을 팔고 좀 더 좋은 집으로 이사를 했다. 만일 그때 전세를 얻었다면 나는 곧 이어진 서울의 집값 폭등으로 내집 마련의 꿈을 실현하기 어려웠을 것이다. 비오는 날 단돈 200만원만 들고 온 신혼부부가 안타까워 하나님께서 복덕방 할아버지의 냉정한 판단을 통해 내 집을 마련케 하신 나의 하나님께 감사를 드린다.

그 무렵 나는 직장 내에서 진지한 고민과 갈등에 빠져 있었다. 김포공항 여객실에서 손님들을 탑승시키는 업무를 체크인하는 일은 대고객을 상대로 하는 일인데 요즘같이 컴퓨터로 예약을 처리하지 않고 전화로 예약을 받아 부킹을 했기 때문에 성수기에는 오버부킹으로 비행기 좌석을 얻지 못한 승객들이 아우성을 쳤다. 사무실까지 들어와 행패를 부렸다. 거기다 정부기관에서 부탁하는

*
55

사람들을 끼워넣어 탑승시켜 줘야 하기 때문에 힘 없는 대한항공 직원들은 항상 그들의 무리한 요구에 시달리지 않을 수 없었다. 나는 성격상 서비스업이 맞지 않는 것 같았다. 결국 나는 대한항공에서 3년을 근무하고 대우로 직장을 옮겼다.

대우 건설이 처음 시작될 때였다. 에콰도르 키토에 도로공사 수주를 해서 에콰도르에 처음 사람을 내보낼 때였다. 나는 그 무렵 과장 대리로 대우에 입사했다. 그때 내 위에 있던 과장님이 옛날에 김우중 씨의 오른팔이 된 강 아무개였다. 지금 담당 사장이었는데, 나중에 감옥에 간 분이다. 그런 쟁쟁한 사람이 바로 내 위에 과장으로 있던 때니까 호랑이 담배 먹던 대우시절이었다. 나는 대우에서 내 영문학 전공을 살려 해외 각지를 돌아다녔고, 리비아 벵가지 가리니우스 대학 건축공사와 수단 카르튬 영빈관 공사를 완공 후에 퇴사했다.

그 유명한 동아건설의 리비아에 대수로 공사 수주를 할 때가 바로 이 시절이다. 대우와 한양건설도 그 공사에 입찰을 하기 위해서 정부가 입찰자격을 줘야만 들어가는 도급허가 신청을 냈다. 경쟁이 너무 과열될 조짐이 보이는 경우 정부에서 자율조정을 하는데, 해당 공사에 가장 경쟁력이 있어 보이는 회사만 선정, 입찰되도록 허가해 주는 것이 도급허가다. 도급허가를 받고 그 대수로 공사에 들어가려고 했던 대우와 한양은 결국 동아건설의 최원석 회장의 로비를 이기지 못하고 포기하게 됐다.

수단에 영빈관 공사를 대우가 맡게 되면서 나는 카르튬에 관리과장으로 1년 동안 가서 영빈관 공사 노무자들과 생활하면서 아프리카 수단에서 지내기도 했고, 리비아 벵가지, 사우디 제다에도 잠시 있었다. 그런 가운데 나는 어느새 아프리카통이 됐다.

사실 대우는 내부적으로 경기고등학교와 서울대학교 등 소위 KS마크가 이끌어 가는 조직이었다. 그렇기 때문에 나처럼 선후배 관계 없이 지방대학을 나온 사람은 정말 힘들었다. 평사원일 때에는 표가 나지 않지만 승진까지는 난관이 많았다. 김우중 씨처럼 경기고와 연세대, 서울대 간판이 있어야 승승장구할 수 있는 환경이었고 그 외에는 발탁되는 데 한계가 많았다. 경기고와 서울대 출신들이 기라성같이 있는 가운데 내가 버틸 수 있는 공간은 그만큼 좁았다.

인맥, 학벌 때문에 진급이 2, 3번 누락이 되었고, 엄청난 좌절을 겪었던 나는 결국 조직 내 파벌과 알력 다툼에 지쳐 자동 탈락하게 된 것이다. 동료 대리들이 모두 과장이 되는데 나만 과장 대리로 진급이 안 될 때 내가 겪은 내적 수모는 감당하기 쉽지 않았다. 더구나 내 자신이 남보다 더 열심히 일을 하고 또 내가 없으면 안된다는 자존심과 우월감을 갖고 있었기 때문에 인내에 한계가 왔다. 나는 어느 날 내가 소속된 부서의 해외 업무 부장과 큰 소리로 싸우고 부장이 내게 전화통을 던지게 하는 사건까지 가고서야, 결국 사표를 내고 사무실을 뛰쳐 나왔다.

사표만 던지고 나와서 하루 이틀 회사로부터 연락오길 기다렸는데 일주일이 지나도 아무런 연락이 없었다. 다시 나오라고 붙들러 올 줄 알았던 나의 예상이 빗나간 것이었다.

예수를 만나다

. . .

　사표를 냈는데 내가 가서 잘못했다며 용서를 구하러 갈 수도 없고, 일주일간을 집에서 칩거 아닌 칩거를 하며 지내던 어느 날이었다. 슬리퍼를 신고 집에서 나와 멍게와 해삼을 파는 집에 소주를 마시러 들어섰는데 누군가 나를 알아보고 손짓을 했다.

　　"아, 형님!"

　대구 영남대학교를 같이 다닌 동기였다. 내가 노트도 빌려주고 영어를 가르쳐 주기도 하던 친구 진희목이었다. 우리는 오랜만에 만난 회포를 풀다가 그 친구 집에까지 가게 되었다. 대구에서 친하게 지냈던 사이라 부인도 잘 아는 사이였다.

　집에 들어섰는데 왠지 분위기가 달랐다. 그 친구는 교회를 다니고 있었다. 구역장이라고 했다. 그러면서 다음 주에 자기네 집에 구역예배가 있으니 꼭 좀 모시고 싶다며 내게 다시 올 것을 신신당부했다. 구역예배를 한다고 한 이틀 후에 나는 다시 그 친구 집을 찾았다.

그렇게 해서 나는 난생 처음 구역예배에 참석하게 됐다. 그때 처음 느낀 구역예배는 나에게는 별세계였다. 그때까지 내가 알고 있던 모든 모임과 조직은 서로 경쟁하고 시기하고 속이는 것이었다. 내가 속한 곳은 술 먹고, 너스레 떨고 고성방가하는 집단뿐이었다. 그런데 그날 내가 목격한 구역예배는 서로 위해 주고 모두 웃고 환한 마음으로 음식을 나누며 모두들 행복한 모습이었다.

'아, 이런 세계도 있구나. 내가 살던 세계와 이렇게 다를 수가 있다니…. 여기 뭔가 있구나, 여기에는 분명 뭔가가 있다!'

퇴사 후 침체되어 있던 나는 마음속으로부터 이상한 울림을 느꼈다.

"형님, 예수 믿으세요."

친구의 얘기가 나한테 깊이 파고들어 왔다.

"여의도에 가면 순복음교회에 조용기 목사님이라는 분이 있어요. 진짜 신령한 분이예요. 형님 같은 사람은 그분한테 가면 바로 깨질

거예요. 조용기 목사님 설교를 꼭 한번 들어보세요."

그 주에 교회 버스를 놓쳐 교회에 가지 못한 나는 일주일 후에 다시 구역예배에 참석했다. 그 다음 주에 나는 친구의 안내로 여의도 순복음교회 주일대예배에 참석하게 됐다. 대성전에 들어서자 엄청나게 많은 사람들이 자리에 앉아있었다. 나는 대성전 기둥 뒤에 숨어서, '별 거 있겠나' 생각하며 예배 도중에 나오려는 생각으로 의자에 앉았다. 그런데 예배 시작 전, 전혀 예상치 못한 일들이 일어났다. 사람들이 큰 소리로 "아멘, 아멘"하며 몸을 흔들면서 기도하는데 도대체 정신이 나간 사람들 같아 보였다.

'이게 뭐지? 집에 가야되나?' 이런 생각을 하고 있는데, 예배가 시작됐다. 뒤에 앉아있던 목사님이 단상 앞으로 나왔다.

"예수 그리스도는 어제나 오늘이나 동일하십니다!"

마이크 앞에 서서 선포되는 그의 힘찬 목소리와 예배자들의 아멘소리가 천둥소리처럼 들렸다. 땅이 울릴 정도로 큰 소리에 깜짝 놀란 나는 앉은 그 자리에 그냥 얼어붙은 것처럼 굳어버렸다.

'이게 도대체 뭐지?'

설교가 시작이 됐고, 목사님 특유의 경상도 사투리와 속사포 같은 빠른 설교 말씀 하나 하나가 나의 가슴을 치고 들어왔다. 그 예배가 끝나기까지 나는 눈물 콧물 다 쏟았다.

뒷자리에 앉아 방관자처럼 앉아 있던 나는 처음 교회에 간 날, 예배 시간에 넋을 잃고 멍하니 기둥에 기대 앉았다. 나의 강곽한 자아 속에 성령의 미세한 빛이 강한 줄기로 침투하여 내가 드디어 성령의 포로가 된 것이다. 그 옛날 상경자 선생님으로부터 예수 기적에 대한 펜팔편지를 받고 비아냥거리는 편지를 쓰고, 청주공고에서 억지로 세례를 받고, 처음 발령지였던 종로초등학교에서 안 신자 선생님이 예수 그리스도에 대한 메시지로 나를 전도하려고 했던 기억들이 주마등처럼 지나갔다.

옛날에 나를 전도하려고 했던 이들의 노력과 음성이 그냥 그대로 화약이 돼서 내 안에 오랫동안 잠재해 있다가 조용기 목사님의 설교를 타고 그대로 불이 되어 내 가슴에서 폭발한 것이다. 나는 그날 예수를 믿게 되었다.

예배가 끝나고 구름 같은 사람들이 계단을 내려오는데, 나는 그때 계단을 내려오면서 몸을 가눌 수가 없었다. 눈물이 쉴 새 없이 흘러내렸는데 그건 슬픔이 아닌 감동이고 환희의 기쁨이었다. 햇빛이 너무 찬란하게 비치는데 새로운 세상이 온 것 같고, 나뭇잎들은 초록 자체로 반짝반짝 빛이 나고, 예배를 드리고 나온 사이에 세상이 완전히 달라져 있는 것 같았다. 그것은 마치 아날로그 영상에서 HD 디지털 영상으로 세상 만물의 모습이 변한 것과 같았다.

버스를 타고 집으로 오는데 창밖으로 보이는 한강물이 너무너무 행복한 그림처럼 펼쳐졌다. 김포공항 도로 옆 수양버들은 춤을 추는 것 같았다. 눈물을 흘리며 집에 돌아온 나는 아내를 앉혀놓고 말했다.

"여보, 여보, 내가 얘기할 때까지 방해하지 마. 내가 하나님 은혜를 받은 모양이야."

나는 아이 방을 점거(?)하고 들어가 방문을 잠그고 벽을 쓰다듬고, 땅을 기어 다니면서 몇 시간을 울었는지 모른다.

"나는 죄인입니다. 하나님 감사합니다. 저 같은 죄인, 괴수같은 놈을 용서해 주시니 감사합니다."

밤새도록 울며 불며 통곡을 한 나는, 나 스스로 내가 미친 줄 알았다.

며칠 후 나는 새 마음으로 압구정동 현대아파트에 사는 부장의 집에 찾아가 나의 옹졸함과 무례함을 용서해 달라고 무릎을 꿇고 빌었다. 그 이듬해 나는 진급했고 그 다음에 한양건설로 이직을 했다.

주식회사 한양은 아파트를 짓는 회사였다. 내가 입사할 무렵 한양은 해외 공사까지 사업을 넓히면서 리비아에 관심을 가지고 경력사원을 모집하고 있던 때였다. 건설부 해외 국장이었던 사람이 부사장으로 영입되었고 그 밑에 과장이라는 사람이 이사가 되면서 대우에 있던 나를 추천을 했는데, 과장 직급에 있던 나는 한 단계 오른 차장으로 한양주택에 입사하였다. 당시 주식회사 한양은 아파트 공사의 선두주자로 세간에 인기가 있었고 직원봉급도 건설업계에서 최고의 수준으로 지급하면서 젊은 직장인들에게 인기가 많은 회사였다.

예수를 만난 일은 내 인생에 바로 영향을 끼쳤다. 인사도 없이 사표만 쓰고 내 발로 나온 회사에 다시 찾아가 관계가 좋지 않던 부장에게 용서를 빌 수 있었던 건 순전히 내 안에 오신 예수님 때문이었다. 나의 그런 변화를 지켜본 부장님도 이후 예수님을 믿게 되었다.

나중에 한양에서 내가 나이지리아로 파견 나갔을 때에, 대우에서는 그분도 나이지리아에 왔었는데 일요일에는 코트라 관장 집에서 같이 구역예배를 보게되었다. 우리는 서로 무릎을 꿇고 서로를 부둥켜안고 기도했다. 나는 잘못했다고 고백하고 그분은 또 나한테 잘못했다고 고백했다. 그렇게 원수처럼 지냈는데 예수님 안에서 그렇게 하나가 되었다.

변화된 나는 점심시간에 평신도 성경 대학에 다녔다. 대우센터 앞에서 여의도까지 버스를 타고 가서 여의도 순복음교회로 달려가 강의를 마치고 다시 버스로 회사에 돌아오는 일을 3개월이나 계속한 후 성경 대학을 졸업했다. 점심은 버스 안에서 적당히 떼웠고 내 손에는 늘 성경책이 떠나지 않았다. 하나님을 조금이라도 더 알고 싶은 마음에 근무 시간을 쪼개 교회가 있는 여의도를 매일 출퇴근했다. 당시 나는 길에서 걸어다닐 때 내 등뒤에 성령의 장풍이 나를 미는 것 같은 느낌으로 기쁨에 넘쳤다. 그 좋아하던 술을 끊게 되고, 완고하고 고집쟁이였던 내가 남에게 아량을 베풀 줄 아는 모습을 보이자, 부장님이 "내가 자네가 믿는 걸 보고 나도 믿게 됐다"고 말할 정도였다.

내가 의지를 가지고 '죽어야 되겠다, 전쟁을 경험해야 되겠다, 어떤 고통을 이겨내야 되겠다' 라고 결심하고 '내가, 내가, 내가' 하려고 했던 것들은 나를 변화시키지 못했다. 그런데 예수 그리스도는 한순간에 나를 그렇게 다른 사람으로 변화시킨 것이다. 당시 대우는 인천 주안에 아파트를 지어서 사원들에게 저렴하게 나누어 주었다. 우리도 인천 주안아파트에 살았는데, 내가 매일 인천에서 회사 셔틀버스를 타고 대우센터로 출근을 하며 만원 버스에 쪼그리고 앉아 <신앙계>(지금의 <플러스 인생>)를 보니까 모든 사람이 나를 '신앙계 읽는 사람' 이라고 불렀을 정도다.

주일에는 내가 살고 있는 아파트에서 여의도까지 운행하는 교회 버스 차장 역할을 했다. 찬송을 부르고 할렐루야를 외치면서 승차하는 사람들에게 전도를 했다. 인천에서 여의도순복음교회까지 성도들을 태우는 순복음교회 운행 버스에서 차장을 했다고 하면 얼마나 열성적으로 믿었는지를, 아는 사람들은 다 알 것이다. 아파트 사람들 전도를 위해서도 열심을 냈다. 직접 타자를 치고 인쇄를 한 전단지를 아파트 전 동에 다 뿌렸다. 불같았던 믿음과 열정을 전단지에 그대로 옮겨 적었다. 계단을 오르며 찬송을 부르며 아파트 문사이로 전단지를 집어넣고 문앞에서 기도하고 또 다른 아파트로 달려갔다. 24시간 예수님 생각으로 내 영혼은 가득찼다.

"주의 집에 거하는 자가 복이 있나이다 저희가 항상 주를 찬송하리이다"(시 84:4).

사랑에 빠진 사람이, 사랑하는 사람의 거처에서 하루를 묵을 수 있다면 밖에서 천 날도 기다릴 수 있을 것이다. 그리스도인이 된 나는 예수 그리스도와 같은 집에서 머물며 숨을 쉬고, 이야기 하며 웃을 수 있다면 천년을 예수 없이 밖에서 산 것보다, 그 하루가 더 귀중할 것 같았다.

사랑하는 사람을 너무 생각하면 상사병이 걸리는 것처럼 내 영혼이 여호와의 궁전을 사랑하여 주와 함께 하기를 원하는 마음이 그랬다. 나는 고백했다.

"하나님, 저는 인생의 많은 날을 주님의 집 밖에서 지냈습니다. 거지가 추운 날 갈데없이 굴뚝 옆에 쭈그리고 앉아 밤을 세우며, 안집에서 들려오는 따뜻한 사람의 대화를 듣고 부러워하듯 제가 그랬습니다. 하지만 이제 주님의 집 대문이 활짝 열려 저를 영입해 주셨으니, 이제 저는 하나님의 보금자리에 하루라도 있게 해 주시면 그것이 거지 왕자의 바뀜이 아니고 진정한 나의 축복이 될 줄 믿습니다. 사랑하는 예수님의 곁에서 주님 얼굴 보고 내내 즐거워 울겠습니다."

영국 주재원으로 발령받다

...

    대우에서 한양으로 회사를 옮긴 후 평소 해외로 나가고 싶다는 생각을 했던 나는 주재원으로 나갈 수 있기를 소원하며 기도를 했다. 시대적으로 당시 주재원으로 나가는 건 매우 힘든 일이었다. 일단 여권을 발급받는 것이 힘들었고, 실력이 있어도 빽이 없으면 주재원은 하늘의 별 따기처럼 여겨졌던 시절이었다. 그런데 한양에서 해외건설을 하며 뉴욕, 런던 그리고 인도네시아 자카르타 세 나라에 주재원을 내보내기로 결정을 했다.

    나는 리비아 담당 팀장이었고, 옛날 대만 대사 방희 장군의 아들 방효차장이 동남아 담당, 염보현 서울시장의 사위가 되는 이 차장이 미주 지역을 담당하고 있었다. 담당이 서로 다르기 때문에 이 부장은 뉴욕지사를 가고 싶다고 희망했고, 방효는 자카르타를, 나는 런던을 가겠다고 지원을 했다.

현대나 한양이나 대우는 시공회사로 실제 건설을 하는 회사이고, 건설 프로젝트를 만들려면 계획을 짜야 하는데, 세계에서 제일 유명한 컨설팅 컴퍼니가 영국에 있었다. 대수로 공사 같은 것을 설계한 Brown & Root (미국 컨설팅회사와 영국컨설팅회사)라는 컨설팅 회사도 본사가 런던에 있었는데 사우디 항만공사나 두바이 항만공사, 빌딩공사, 도로공사 입찰을 수주하려면 컨설팅 회사를 택해야 했다. 그곳에서 공사 입찰을 발주하기 때문에 어떻게든 컨설팅 회사에 가까이 가서 공사정보를 입수하기 위해 나는 런던을 지망했던 것이다. 그리고 아침마다 인천 주안 아파트 앞산에 올라가서 기도했다.

"하나님 아버지 저를 런던으로 보내주십시오."

그렇게 나무뿌리를 붙들고 기도했다. 그러나 석 달 정도 기도해도 아무 응답이 없었다. 그러던 어느 날 상무님과 우리 세 팀장이 미팅을 하고 있는데, 갑자기 회장실에서 상무님을 찾는 전화가 왔다. 당시에는 국제전화가 잘 안 될 때라 회장실에서 회장님 전화로 상무님이 전화를 받고 내려오더니 수주요원으로 런던에 지망한 사람을 찾았다.

"이종구 부장이 지원했는데요."

회장님이 런던에 빨리 사람을 발령 내서 내보내라고 했다는 것이었다. 회장님이 런던에 가서 보니 대우나 현대는 수주요원이 나가 있는데, 한양 런던 지사에는 런던에 자재요원들만 나가 있고 공사를 따고 입찰할 수주요원이 없어, 공사정보 입수 업무에 소홀한 부분이 있었으니 국제전화로 런던에 수주요원을 당장 내보내라고 지시한 것이다.

나중에 주재원을 지원한 세 사람 중에 두 사람은 해외로 나가지 못했는데, 나는 지망하는 런던 지점으로 나가게 되었다. 그후 회사가 어려워졌기 때문이다.

해외공사 수주의 난립으로 회사가 어려운 상황이었지만 그 가운데서도 주재원으로 영국에 도착한 나는 건설회사 직원으로서 가장 명예스러운 컨설팅 컴퍼니를 찾아다니며 입찰에 대한 정보를 얻고, 본사에서 온 손님들을 모시고 다니며 회의를 주재하고 입찰에 대한 절차를 밟는 등의 역할을 해냈다. 정말 행복한 생활이었다. 건설회사의 수주 담당요원으로서 발주처와 컨설팅 회사와 대형건설 회사를 접촉할 수 있다는 것은 행운이며 꼭 필요한 일이어서 즐거운 마음으로 전력투구할 수 있었다.

영국으로 출국하기 전에 나는 여의도순복음교회에 런던에 지교회가 있는지 문의했다. 선교국에 찾아가서 선교국장한테 인사를 하고 "회사에 근무하다가 영국지사로 발령받아서 가는 이종구 집사입니다. 제가 런던으로 가게 되서 인사 드립니다" 하였더니 나에게 런던순복음교회에 관한 정보를 주며 평신도선교사 자격증까지 주면서 해외 선교를 부탁했다.

지금은 선교사들이 많이 나가서 그렇지 않겠지만 그때는 출국자가 워낙 적고, 나가는 것이 어려워 선교사들을 파송하는 데 정말 어려웠다. 그래서 주재원이 해외에 나가게 되어 지교회 안내를 요청하면 평신도 선교사 자격증을 주는 등 대단한 일로 간주되던 때였다.

　　나는 영국에 도착한 주일부터 런던순복음교회에 나가게 됐다. 처음 예배에 참여했더니 교회는 20~30명이 모인 가운데 장영보 담임목사님이 홀로 고군분투하고 있었다.

영국으로 떠나다

• • •

영국생활을 시작하면서 작은 간증이 있다. 1981년 6월 29일 김포공항에서 리비아를 들렀다가 다시 파리로 이동해 7월 1일 파리에서 회장님을 수행하고 미팅을 주선해야 하는 일정이 있었다. 나는 공항에서 비행기에 올라, 3개월 동안 아침마다 앞산에 올라 기도한 것에 응답해 주신 것에 대한 감사기도를 드렸다. 결혼할 때 장인께 나는 해외 유학을 갈 사람이라고 약속한 것이 생각나 자랑스럽기도 하고 감사했다.

나는 그 비행기를 타고 리비아 트리폴리에 도착해서 본사 지시사항과 지사에 관련된 보고를 듣고 이튿 날인 7월 1일 오후 1시 비행기를 타야만 파리에 2시에 도착해서 4시에 회장님을 수행하는 미팅에 참여할 수 있었다.

그런데 문제가 생겼다. 회사에는 공항 관련 업무를 담당하는 송

영국촌놈이야기

*

70

출 담당 직원이 있었는데 그 직원의 실수로 출국비자를 받지 못한 것이다. 당시 리비아는 입국할 때에는 물론 출국할 때에도 출국비자를 받아야 비행기를 타고 나갈 수가 있었다. 출발 하루 전에 비자 신청을 했어야 했다. 그런데 직원이 그것을 잊어버린 것이다. 비자 신청을 하면 24시간 후에 출국비자가 나오기 때문에 결국 나는 나갈 수가 없는 상황이 되어버렸다. 그러나 회장님과 외국 회사와의 중요한 미팅을 준비해야 할 직원이 비행기를 못 타서 참여를 못한다면 얼마나 망신인가. 나는 정말 불가능한 것을 두고 기도를 시작했다.

> "하나님 오늘 직원의 실수로 출국비자를 못 받았습니다. 오늘 오후 1시 비행기를 꼭 타야하는데, 비자가 없어 비행기를 타지 못하면 제가 영국생활 시작하는 것이 전부 망가질 것 같습니다. 하나님 도와주십시오. 하나님 정말 기적을 일으켜 주십시오."

그렇게 기도를 하면서 담당자에게 비자 발급하는 곳을 함께 가자고 했더니 죄송하다며 비자발급이 불가능하다는 말만 되풀이했다. 본래 리비아사람들의 자세가 도도하기도 했고, 당시 한국사람은 돈 벌러 온 거지 정도로 알았던 때라 한국사람에게는 냉정하게 대했다. 내일 비행기로 연기할 수밖에 없다고 말하는 담당자에게 그래도 나는 시도는 한 번 해보자고 우겼다.

"여기서부터는 들어가시면 안된다" 라는 공항 직원의 안내를 받은 나는, 비자 업무를 누가 어디에서 하는지만 가르쳐 달라고 했다. 저쪽 빌딩 문 안에 비자담당 관리가 있다는 정보를 받은 나는 바로 그곳을 향해 갔다. '그곳은 함부로 들어갈 수 없는 곳'이라며 직원이 울상을 지었다. 들어가보니 공항의 출입국관리소 같은 곳이었다. 아침에 내 여권을 제출했다니까 비자는 내일 아침에나 나온다고 하기에 나는 속으로 하나님께서 기적을 일으켜 주시기를 기도하면서 무조건 안으로 들어갔다.

들어가니 사무실 안쪽 끝에 큰 책상이 있고 담당자가 깜짝 놀라서 나를 쳐다봤다. 그는 어떤 리비아인과 대화 중이었다. 나는 문 앞에서 부동자세로 서서 그 사람을 쳐다봤다. 그랬더니 그가 깜짝 놀라서 뭐라고 얘기하려다가, 앞에 있는 사람하고 다시 얘기를 계속 이어갔다. 나는 속으로 '하나님 저분이 아량을 베푸셔서 비자를 오늘 12시까지 줄 수 있게 역사해 주십시오. 이 방 안에 성령의 바람이 운행하도록 역사해 주십시오'라고 기도했다. 마음속으로는 기도를 했지만 눈은 그 사람을 떠나지 않고, 마치 연병장에서 훈련받는 군인의 자세로 서 있었다.

여전히 그 사람은 나를 쳐다보지도 않고 앞의 사람과 얘기 중이었다. 내가 그 방의 문지방을 넘을 때의 시간이 11시 20분이었다. 내 비자는 12시까지는 꼭 나와야 했다.

시간은 자꾸 가서 11시 40분을 지나 50분을 향해 가고 있었다. 조금 있다가 대화 중이던 사람이 일어나서 나가려는데 드디어 의자에 앉아 있던 사람이 내게 누구냐고 물었다. 나는 곧바로 "내가 오늘 꼭 파리에 가서 회장님을 만나야 하는데 직원의 실수로 오늘

영
국
촌
놈
이
야
기

*

아침에서야 비자신청을 했습니다. 하지만 나는 오늘 1시 비행기를 꼭 타야합니다. 오늘 비자가 안 나오면 직장에서 잘릴지도 모릅니다. 도와주십시오"라고 애원하듯 말했다.

그는 한참 동안 곁눈질 하면서 나를 살펴보고 절박함을 알았던지 "이름이 뭡니까?"라고 물었다. "이종구"라고 했더니 여권이 가득 쌓여있는 제일 밑에서 내 여권을 찾아가지고 비자도장을 찍어주는 것이 아닌가.

나는 "고맙습니다. 감사합니다. 당신이 나를 살렸습니다!"하면서 그 방을 빠져나왔다. 나오면서 나는 외쳤다.

"하나님! 응답하셨네요, 할렐루야! "

그때 시계를 보니 정확히 12시였다. 너무 놀라웠다. 12시 정각 시초까지 응답하시는 하나님께 감사드렸다. 출입국 관리소를 나왔더니 담당자가 아직도 거기에 서 있었다. 나는 마지막 체킹을 하고 비행기에 올라 탔다. 다른 사람이 보기엔 우스운 얘기 같지만, 하나님께서는 작은 일을 통해 어린아이의 믿음, 어린아이의 신앙을 가진 사람에게는 손주에게 사탕 사주듯이 그렇게 응답해 주시는 것을 알았다.

비행기를 타고서도 "하나님 감사합니다. 하나님 살아계십니다"라고 고백하면서 파리에 도착했다. 무사히 회장님 수행과 회의를 마칠 수 있었고, 파리에서 하루를 보내고 7월 2일 나는 영국으로 정식 부임하게 되었다.

그때는 회사에서 직원을 보낼 때 지금처럼 가족을 함께 보내주지 않았다. 1년 간의 현지적응과 일하는 것을 보고, 수련기간이 끝나면 1년 후에 가족을 보내줬다. 때문에 나는 1년 동안 하숙을 해야 했다.

누가 내 인생에서 가장 재미있고 보람 있던 때를 말하라고 하면 나는 런던지사에서 근무하던 때라고 할 것이다. 최선을 다했고, 정말 열심히 일했다. 옛날에는 이메일이 없었다. 전부 텔렉스(Telex)로 교신을 했는데, 아침에 나가면 텔렉스 테이프가 카페트에 전부 쌓여 있었다. 그러면 문을 열고 들어가면서 오늘은 본사에서 어떤 지시 사항이 내려왔을까, 어제 보고한 것에 대한 반응은 어떨까, 이렇게 떨리는 가슴으로 사무실 문을 열었던 기억이 난다. 나에게 일에 대한 엔돌핀이 아침마다 품어져 나왔다.

1년 후에 도착하는 가족을 맞기까지 나는 꽃이 유난히 많이 피는 아름다운 우스터 파크(Worcester Park)에 월세집을 임대했다. 후배들이 냉장고에 먹을 것들을 채워줬고, 회사에서 내 앞으로 제공한 조그마한 포드 에스코트 차를 제공했다. 그 차를 운전해 히드로 공항에서 가족들을 태우고 영국에서 가장 오래된 현수교(Suspention Bridge)인 해머스미스 다리(Hammersmith Bridge)를 건널 때의 기분을 나는 지금도 기억한다. 가족을 영국에서 볼 수 있다는 사실에 내 자신이 너무나 자랑스러웠다.

이제야 아빠 노릇을 하는구나, 남편 노릇을 할 수 있겠구나 하는 생각에 앞으로의 영국생활에 대한 기대가 컸다. 신사의 나라 영국에서 양반의 고장 충청도 출신이 열심히 살아보리라, 촌놈처럼 우직하게 무소처럼 뚜벅뚜벅 내 길을 걸으리라 다짐했다. 하나님께서 분명히 내 길을 인도하실 것을 굳게 믿었기 때문이다.

2부 _ 충청도 촌놈, 런던의 촌놈이 되다

나는 그게 하나님의 뜻이라고 생각을 했다. 그래서 전혀 동요되지 않고 영국으로 다시 돌아가기로 했다. 마음만은 편했다. 기도했고,

그 힘으로라 생각했기 때문이다.

죄도 없는데 그 이튿날 아침에 쫓겨듯이 영국으로 나왔다. 다시 비행기를 타고 무작자가 되서 영국에 들어온 것이다. 직장장이라는

붕구쟁이에서 하루아침에 직업도 없고 돈도 없는 실업자 처지가 되었다. 이렇게 해서 나의 직장 생활은 1987년도에 끝이 났다.

무엇을 하며 어떻게 살 것인가의 계획은 전혀 없이 다시 출발점으로 돌아온 것이다.

영국에 정착하다

· · ·

1986년에 회사에 어려운 일이 생겼다. 정치적인 문제, 세금 문제 때문에 주식회사 한양의 배OO 회장이 법정에 불려나가고, 그 결과 회장이 쫓겨 다니는 신세가 된 것이다. 이 일은 해외 건설 공사 면허를 반납해야 하는 사태로까지 번져서 결국 런던 지사는 문을 닫게 되었다. 당시 지사장으로 있던 나는, 몇 개월이 부족해서 영주권을 받지 못하고 한국으로 귀국하게 되었다. 연말까지 비자가 유지 되면 우리 가족은 모두 영주권을 받을 수 있고, 아이들 교육도 영국에서 계속 시킬 수 있는데, 너무 안 좋은 시점이었다. 그래서 기도하기 시작했다.

"하나님, 제가 영국에서 4년을 머무르면 영주권이 나오게 됩니다. 그런데 몇 개월이 부족해 영주권을 받지 못하고 서울로 돌아가면

오랫 동안 영국에서 교육을 받은 아이들이 한국식 교육에 다시 적
응을 해야 합니다. 하나님 도와주세요."

그때는 해외특별전형이라는 제도가 있어서 해외에서 지내다가
고등학교 1학년 이후에 한국에 들어가면 대학 입학이 특별전형을
통해 이루어졌다. 그때 첫째 딸이 중학교 3학년이었다. 그러니까
몇 개월만 더 지나고 돌아가면 영주권도 나오고 특별 전형으로 대
학 입학도 할 수 있었다. 초등학교 6학년이던 둘째도 고등학교에
특별 전형으로 갈 수가 있었다. 당시는 고등학교에 시험을 치고 들
어갔던 때여서 오랜 시간을 해외에서 공부를 했기 때문에, 한국에
서 치열하게 공부한 아이들과 경쟁을 하게 되면 좋은 학교에 들어
갈 수가 없었다. 그렇다고 100만원이나 하는 고액과외를 시킬 수
도 없는 형편이었다.

나는 이 문제를 놓고 계속 기도했다. 그런데 본사에서 1986년 4
월 중으로 런던 지사를 정리하라는 지시가 내려왔다. 법적으로 4
월이 되면 봉급도 한국에서 받아야 했다. 나는 회사의 지시를 어길
수가 없었다. 그래서 우선 직원들을 귀국 조치 시켰다. 밑에 있는
직원들이 모두 한국으로 돌아가고 내가 마지막에 남아서 정리를
했다.

그 시기에 우리는 사우디아라비아에 리아드 유니버시티라는 공
사를 했었다. 그 리아드 유니버시티에 공사 감독은 이집트 태생의
영국 사람이었다. 그의 아내는 영국 여자였다. 나는 리아드 유니버

시티에 공사 감독이기 때문에 그 집에 가서 뒷바라지를 해주기도 하고, 그 사람이 영국에 올 때에는 나를 비서처럼 이용하기도 했었다. 어느 날 내가 그에게 '4월이면 이곳을 정리를 하고 들어가야 한다'고 하니까 그 동안 잘해줘서 고맙다며 자기 집에서 식사를 하자고 초대를 했다.

그는 여름이면 영국에 있는 아내와 아이들을 만나러 영국에 와서 몇 달 동안 가족과 함께 지낸 후 다시 사우디에 가서 근무를 하고는 했다. 저녁을 초대한 날, 그가 식사 중에 내게 물었다.

"미스터 리, 얼굴이 근심이 서린 걸로 보이는데, 요즘 뭐 걱정하는 게 있어요?"
"있습니다, 그런데 사적인 문제입니다."

나는 외국 사람한테 내 근심을 얘기해봐야 소용이 없다고 생각해서 그렇게 답했다.

그런데 그가 그래도 자기에게 얘기를 해 보라기에 내가 처한 상황을 말했다. 예상 밖의 대답이 돌아왔다. 자기가 도와줄 수 있다며 내일 당장 회장에게 전화를 해준다는 것이었다. 몇 억 달러 프로젝트에 공사 감독이면 굉장히 중요한 직이다. 그런 위치에 있는 사람이 회장한테 전화해서 영국에 있는 미스터 리를 1년간 더 있게 해달라고 요청을 하겠다는 것이었다. 그래서 무슨 명목으로 그럴 수 있느냐고 물었더니, 자기네 집을 새로 지을 것인데, 내가 사우디에 가면 아내는 혼자 남기 때문에 우리 아이들 돌보는 일과 집안에 사소한 일들을 도와주었으면 좋겠다고 했다. 그렇게 얘기가 되어서 런던 지사는 문을 닫고, 집에서 공사감독 집으로 출퇴근 하면서 그 집을 케어해주는 일, 즉 집사 역할을 하게 되었다.

1년 동안 자녀들을 학교 픽업해주고 사모님을 모시고 다니면서 양탄자, 커튼 등의 자재들을 고르는 일, 집 공사 감독 등의 역할을 하며 영국에 머무를 수 있었다. 정식으로 귀국 연장이 이루어 진 것이다. 회사에서 세금을 내고 정식으로 노동 허가서를 받고 근무 한 사람은 4년이 넘게 되면 자동적으로 영주권이 나온다. 이렇게 기적이 다시 한 번 일어난 것이다. 하나님의 은혜로 나는 외국인의 도움으로 전혀 뜻하지 않은 영주권을 받고 아이들도 영국에서 계속 공부를 할 수 있게 되었다.

여기서 하나의 에피소드를 소개해야겠다. 런던지점에서 하는 일은 발주처로부터 공사 대금을 받아서 본사에 돈을 보내는 일이었다. 공사대금을 '기성' 이라고 하는데 기성을 받아서 서울로 보내는 일이었다. 당시 이란에 공사를 하고 있었는데, 이란에서 달라가 부족하기 때문에 돈 대신 크루드 오일을 줬다. 그래서 마지막 4년째는 크루드 오일을 받아서 판 후에 본사에 입금시키는 일을 맡았다.

당시 오일 가격이 배럴당 17~18불 이던 때였다. 이란에서 크루드 오일 받을 연락이 오면 나는 오일을 팔아야 한다. 주식회사 한양에 몇 달치 공사 대금으로 몇 십 만 배럴의 기름이 유조선에 채워져서 공시 가격으로 공해상으로 뜨면, 공해상에 떴을 때에 유조선에 있는 기름 몇 십 만 배럴을 해상에서 팔아서 본사에 송금을 해야 한다. 항해 기간 동안 기름을 좋은 가격에 안전하게 재빨리 팔지 않으면 항해 경비가 엄청나게 발생하기 때문에 신속한 매매를 해야함으로 세일 기술이 굉장히 중요하다.

그런데 내가 그 일을 잘 했던 것 같다. 공해상에 기름이 떠서 기름을 팔아 달라고 본사에서 텔렉스를 받으면 내가 기름을 살만한 대상자를 물색하는데, 주로 미쓰비시(Mitsubishi), 싱가폴페트로니움(Singapore Petronium Company), 비피(BP), 쉘(Shell) 이런 곳들이었다. "배럴당 얼마를 주겠다." 연락이 온다. 몇 십 만 배럴의 엄청난 양이기 때문에 1 배럴당 10센트 정도의 작은 차이이더라도 상당한 가격 차이가 나기 때문에 어떻게든 좋은 가격으로 받는 게 나의 임무였다. 이 세계는 신용 사회이다. 가령 "기름을 얼마에 사겠다." 라는 제안을 여러 군데에서 받아보고 한 곳을 최종 결정해서 텔렉스로 오파를 보내면 그것으로서 거래는 완전히 끝난다. 결정을 번복하면 그 세계에서 살아남을 수가 없다. 한 번의 결정이 모든 것을 좌우하는 세계였다. 기름값은 초단위로 변하기 때문에 시세에 따라 시점을 잘 잡는 예리한 판단력이 중요하다.

기름을 사는 회사 중에서 마크리치(Marc Rich Company) 라는 국제적인 큰 유대인 회사가 있다. 나하고 거래를 여러 번 해서 잘 아는 친구들이 있었는데 그 사람들은 컴퓨터를 집까지 가지고 다니는 사람들이다. 24시간 동안 일을 하며, 거기서 딜을 하여 일어나는 커미션을 받는 사람들이기 때문에, 기름이 뜨면 언제라도 접촉을 해서 밤낮을 가리지 않고 거래를 성사시켜야 한다.

한 달 후면 귀국을 해야 되는 입장에서 마지막 몇 백만 배럴 기름이 실렸는데, 마크리치의 한 친구에게 제안이 들어왔다. 자기 회사에 이번 기름을 주면 나에게 10센트를 커미션으로 주겠다는 것이다. 계산해보니 10센트를 받으면 내 통장으로 들어오는 돈이 10만 불 이었다. 그렇게 거래 제안이 들어왔는데, 내 마음이 흔들렸다. 당시 회사가 어려운 상황에 있었기 때문에 귀국을 하고 한국에 가면 나의 장래가 불투명했다. 10만 불에 대한 욕심이 생겼다. 기름 판매 딜의 구조상 가격을 가르쳐 주지도 않고 회사에서는 자세한 내용을 알아낼 수도 없기 때문에 본사에는 내가 얼마를 받았다고 보고를 하면 그것으로 끝이 나는 것이다. 그 날부터 나의 고민이 시작되었다.

며칠 밤을 계속 잠을 못자니까, 아내가 왜 그러냐며 물었다. 깊은 밤에도 응접실에 돌아다니고 혼자 공원을 돌아다니기도 했다. '이걸 어떻게 할까. 하나님, 제가 귀국하면 어떻게 될지도 모르는 일인데 이 기회에 10만 불을 마련한다는 것은 제 장래에 큰 재산이 될텐데 어떻게 해야 할까요? 제안을 받아드릴가요, 말까요……' 고민을 하면서 밥도 먹지 못하고 며칠을 보냈다. '딱 한 번인데 뭐 괜찮지 않은가. 아니다, 내 인생 17년 회사 생활에 오점을 남길 수는 없어……' 기도하고 또 기도 했는데, 결국은 하나님께서 "NO." 라고 하셨다.

그때 내가 "NO" 라고 할 수 있었던 용기를 나는 지금도 자랑스럽게 생각한다. 내가 "NO" 라고 할 수 있도록 인도하신 하나님께서 이후에 10만 불의 몇 십 배가 되는 것을 채워 주셨다고 믿는다. 만약 내가 거절하지 않았다면 하나님이 나한테 축복을 안 해 주셨을 것이라는 생각이다.

거절을 하고 나서 내 마음은 이루 말할 수 없이 편했다. 17년 동안 대한항공, 대우, 한양 등의 회사에 다니며 내 젊음을 불태운 마지막, 회사를 떠날 시점에서 하나님께서는 10만 불에 대한 유혹을 통해 나를 시험하신 것 같다. 이 일을 통해 하나님은 내 사업을 축복하셨다. 이 고비를 넘기지 못했다면 지금의 나는 없었을 것이라고 생각한다.

"빌라도가 대답하여 가로되 너희는 내가 유대인의 왕을 너희에게 놓아 주기를 원하느냐 하니"(마가복음15:9).

빌라도는 예수께서 죄가 없으셨을 것임을 알면서 민란이 더욱 심해지자 이를 두려워한 나머지 본인의 책무를 다하지 않고 그저 방관하는 태도를 보이면서 민중이 원하는 것을 들어주었다. 그 결과 예수님은 십자가를 져야만 했고 유월절의 관례에 따라 죄수 한 사람은 사면이 되었다. 이렇듯 빌라도는 정치적인 입장과 진리의 입장에서 잘못된 선택을 했던 것이다.

이 세상에서 살면서 우리는 매순간 결정을 내려야 하는 상황을 맞이하게 된다. 이때 우리가 조심해야 될 것은 실수가 없도록 최선을 다해 진리의 입장에 서야 한다는 것이다.

진리에 입각한 선택과 현실에 부응하는 선택 사이에서 그리스도인 양심에 의거한 선택이 가장 최선을 다하는 일일 것이다. 빌라도의 잘못된 선택으로 그의 이름이 주기도문에 기록되어 이 세상 끝 날까지 악인으로 불리는 치욕을 남기게 되었다. 늘 이 부분을 상기 하며 그리스도인의 올바른 선택을 해야겠다는 생각을 한다.

5년째 되던 때에 진로에 대해서 상당한 갈등이 있었다. 아내하 고 의논을 한 결과 기도의 응답으로 영주권도 받았고, 아이들의 교 육 문제도 해결되었으니 한국으로 들어가기로 의견을 모았다. 그 래서 귀국 준비를 했다. 주재원들이 귀국 준비를 할 때 영국에는 본차이나 같은 것들이 유명하니까 그릇들과 커피, 영국의 특산품 을 많이 사 간다. 우리도 그것들을 깨지지 않게 잘 싸서 응접실에 놓았고 다음 달이면 컨테이너에 싣고 귀국을 해야 하는 상황이었 다.

그런데 아내가 갑자기 한국으로 돌아가지 않겠다고 했다. "한 국에 가면 아이들이 특례 전형으로 갈 수 있겠지만, 여기서 5년 동 안이나 한국식 공부를 안 하고 들어가서 어떻게 살아남겠느냐. 이 왕 여기서 영어 공부를 시켰으니까 여기서 교육을 시켜야 되겠다. 당신 먼저 들어가라 나는 여기 있겠다."고 했다. 아닌 밤중에 홍 두깨였다. 나는 그때부터 또 기도를 시작했다. '하나님 어떻게 해 야 합니까. 이 회사를 그만두고 영국에 눌러 앉아서 다른 개인 사 업을 해야 합니까? 그런데 하나님, 솔직히 준비도 안 하고 뭘 가지 고 여기서 먹고 삽니까.' 그렇게 한 달 동안 기도를 했다.

저녁에 자는 아이들 얼굴을 보면 '내가 사표를 내면 저 아이 들을 누가 먹여 살리나, 벌어 놓은 돈도 없고, 아이고 이렇게 될

바에야 마크리치에서 제안했던 것을 받아들였으면 좋았을 텐데…….' 후회도 했다. 그러나 하나님이 기도에 쉽게 응답을 안 해주셨다. 귀국 날짜가 다가왔다. 당장 내일 혼자 서울로 가는 비행기를 타고 가야 하는데 다시 무릎을 꿇었다. 그런데 하나님이 응답을 주시는 것 같았다. 무응답이 하나님의 응답인데 '지금부터 비행기를 타고 서울에 도착해서 일어나는 현상이 하나님이 나한테 주신 응답이다.' 하는 마음의 확신이 들었다. 그래서 이튿날 비행기 타고 가면서 하나님이 내게 어떠한 응답을 주실까 하는 기대감으로 귀국을 하게 되었다.

귀국한 날 당일 본사에 들어갔더니 해외 지사가 축소되어서 내가 있던 해외 업무부가 해외 업무과로 바뀌어 있었다. 그런데 옛날에 내가 신입사원으로 데리고 있던 직원이 해외 업무 팀장을 하고 있는데, 내가 앉을 자리가 없었다. 그는 과장 위치이고, 나는 부장인데 자기 자리 옆에 내 의자라며 앉으라고 하는 것이었다. 난감했지만 하여튼 휴가는 다녀오고 보자 그래서 일주일 동안 귀국 휴가를 가서 친척들을 만나고 왔다.

그리고 출근을 했는데 인사과에서 나를 불렀다. 인사과에 갔더니 회장님이 런던에 올 때 같이 수행하면서 관광도 하고, 섭섭지 않게 선물도 사주었던 개인적으로 좋은 감정을 가지고 잘 알던 비서실장이 있었다. 그가 내 여권을 보자고 했다.

"아니, 영주권 받았네?"

그러면서 가족은 어디 있느냐, 왜 회사에 허가 없이 가족을 영국에 두고 왔느냐고 캐물었다. 그때는 개인이 여권을 내는게 아니라 회사에서 신청을 하고 내주기 때문에 개인의 권한이 없고 회사에서 여권을 몰수할 권한이 있었다. 박정희 독재 정권 시절에 될 수있으면 국민들을 해외에 내보내려고 하지 않았기 때문에 해외 나가는 게 어려웠다. 그래서 당시 대한항공 및 해외 주재원들은 해외에 나가서 임기만 끝나면 귀국하지 않고 도망가던 시절이었다. 나는 가족을 영국에 두고 나만 서울에 와서 귀국 신고 후 사우디 공사현장으로 가기로 사전에 부회장과 내락이 되있었다.

그 말만 믿고 한국으로 돌아왔는데, 비서실장은 여권을 보고 도대체 왜 가족을 거기 놔둔 거냐고 묻고 있었다. 부회장님과 결정한 내용을 이야기 했더니 비서실장은 전혀 들은 말이 없다고 했다. 그렇게 친했던 사람이 싸늘하게 변해 버린 것이다. 난감해진 나는 부회장님께 직접 물어보겠다고 했다. 부회장님은 나를 아끼는 분이기 때문에, 그때까지도 나는 뭔가 잘못되었다고 생각하고 있었다. 엘리베이터를 타고 부회장실로 내려가 부회장에게 비서실장이 나를 불러서 이런 애기를 하는데 이상하지 않느냐고 물었다. 그런데 그에게서 이런 말이 돌아왔다.

"이 부장, 이 부장은 능력도 있고 의지가 강해서 어디에 가도 이 부장은 성공할 사람 아니야? 어디를 가도 이 부장은 살 수 있는 사람이잖아."

외국에서 머리가 커져서 돌아온 부장을 이사로 시켜줘야 하는데 해외 업무 면허가 취소된 어려운 상태에서 나를 위한 자리가 없었던 것이다. 알게 모르게 회사 내부의 알력도 있었던 것 같기도 하다.

그렇지만 내가 비행기를 탈 때 서울에서 나에게 일어나는 일들이 하나님의 응답이라고 생각했던 것을 생각하니 그런 말을 듣고도 내 마음은 편안하고 담담했다. 비서실장과 부회장님의 말이 사람의 말이 아니고, 회사를 그만 두라는 하나님의 응답으로 들렸다. 그래서 사표를 내겠다고 말씀을 드렸다. 다시 비서실로 올라가서 비서실장에게 "무슨 얘기인지 알겠습니다. 사표를 내겠습니다." 라고 했더니 그 비서실장은 엉뚱하게 누가 사표를 내라고 했냐며 오히려 화를 냈다. 회사의 어떤 직원이 앙심을 품고 나가서 잘못 얘기를 하면 회사가 다칠 수 있는데, 내가 그 정도 요직에 있던 사람이기 때문에 혹시 회사를 다치게 할까 봐 정치적 발언을 한 것이었다. 그렇지만 나는 하나님의 응답인걸 알았기에 거기에 넘어가지 않았다. 그는 인사 부장을 부르더니 내 여권을 압수하라고 지시했다. 나는 여권을 빼앗든지 말든지 그냥 사표를 내고 회사를 나왔다. 하나님의 응답이라는 확신이 드니 오히려 기뻤다. 그리고 나와서 저녁에 신문사에 근무하던 친구를 만났다.

내가 이런 입장으로 여권까지 빼앗겼는데 어떻게 하면 좋겠느냐고 했더니 그 친구가 회사 측에서 출국 금지를 신청할지도 모르니 빨리 한국을 나가는 게 좋겠다고 충고했다. 문제는 내가 여권을 빼앗겼다는 것이었다.

그런데 그날 밤, 인사 부장이 여권을 가지고 나를 찾아 왔다.

"여권 여기 있으니까, 나가든지 말든지 네가 판단해. 비서실장이 쓸데없는 짓 하기 전에 네가 알아서 해."

나와 오랫동안 근무를 한 인사 부장이 나를 도와주려고 그랬던 것인지, 아니면 회사에서 꿍꿍이속이 있었는지는 지금도 모르겠다. 나는 그게 하나님의 뜻이라고 생각을 했다. 그래서 전혀 동요되지 않고 영국으로 다시 돌아가기로 했다. 마음만은 편했다. 기도했고, 그 결론이라 생각했기 때문이다.

죄도 없는데 그 이튿날 아침에 쫓기듯이 영국으로 나왔다. 다시 비행기를 타고 무직자가 돼서 영국에 돌아온 것이다. 지점장이라는 봉급쟁이에서 하루아침에 직업도 없고 돈도 없는 실업자 처지가 되었다. 이렇게 해서 나의 직장 생활은 1987년도에 끝이 났다. 무엇을 하며 어떻게 살 것인가의 계획은 전혀 없이 다시 출발점으로 돌아온 것이다.

떡집 한켠에 작은 사무실을 차리다

. . .

    영국에 돌아오니 놀라운 일이 벌어져 있었다. 아내가 내가 모르는 사이에 영국에서 살아갈 준비를 해놓은 것이다. 유학생 부부가 흑인들이 사는 동네에 떡집을 하나 만들어서 운영을 하다가 비자 문제로 귀국하게 되었는데, 그 떡집을 인수받은 것이다. 사실 아내는 손에 물 한 번 대지 않던 사람이고, 지점장 사모님으로 대접만 받던 사람인데 어떻게 떡집을 할 생각을 했는지 상상할 수가 없는 일이었다.

    아내는 실업자가 된 나에게 우선 떡집을 도와달라고 했다. 여자가 혼자 떡을 만드는 것은 굉장히 힘든 일이다. 하나님도 참 재미있으신 분이다. 어린 시절 학교에 다닐 때 어머니가 떡 장사를 하실 때 도와드렸기 때문에 나는 떡을 만드는 요령을 잘 알았다. 그런데 또 아내가 떡집을 차렸으니 당장 할 일이 없는 나는 아내를 도왔다. 떡집을 도와주려면 완전히 작업복 차림에 고무장갑을 끼고 일을 하는데 지점장 사모님들이 떡을 사러 오면 아내가 나에게 신호를 주고 나는 얼른 화장실로 가서 숨어 있었다.

　추석이나 설이 되면 떡집은 바빠진다. 특히 송편 주문이 많아지면 일일이 손으로 빚어야 하기 때문에 동창생 부부나 교회식구들이 우리 집에 모여 밤새도록 송편을 빚었다. 아내는 명절 때는 보통 사나흘 동안 잠도 안 자고 꼬박 떡을 만들었다. 나는 떡 만드는 일을 도와주는 척 하다가 졸리면 그냥 2층에 올라가 자버리곤 했지만 아내는 달랐다.

　과거에는 대기업이 나에게 급여를 주고 일을 시켰지만 나는 대기업에서의 경험을 통해서 회사 경영, 계약서를 읽는 방법, 영어로 편지를 보내는 것과 회의 진행 등을 배웠다. 비즈니스를 회사에서 공짜로 가르쳐 준 것이다. 만약에 그런 걸 몰랐다면 떡집에서 떡만 빼고 있었을 것이다. 이런 경험들이 있어서 사업을 시작해야겠다는 마음이 생겼다.

　서울에서 물건을 가져다가 영국에 팔아야 겠다는 계획을 세우고 서울에 있는 친구들에게 한국에서 수출할 물건이 있으면 샘플 좀 보내달라고 여기저기 부탁을 했다. 당시 나는 서울에서 갑자기 오는 바람에 퇴직금도 안 받은 상태였다. 해외에서 근무했기 때문에 퇴직금이 꽤 많았는데 그걸 자본금으로 해서 수입을 해야 되겠다는 생각을 하고 아이템을 찾기 시작했다.

　하루는 친구가 나에게 어떤 회사에서 런던에 지사를 차린다고 그러는데 지사장을 맡을 사람을 찾는다며 네가 와서 직접 만나보라기에 기도의 응답이라고 생각하고 서울로 갔다. 주식회사 '한아'라고 여의도에 회사가 있는데 인조 다이아몬드로 만든 반지와 목걸이 같은 여성 장신구 아이템이었다. 조선호텔 옆에 면세점도 내고 공항도 내고 해서 전 세계에 판매를 하고자 하는 회사였다.

그런데 만나서 면담을 해 보니 내가 생각했던 지사형태가 아니고, 지사를 설립해서 내가 운영하면 본사에서 물건을 독점공급해 주겠다는 것이었다. 친구는 한국 이리공단에서 나오는 퀄리티가 좋은 제품으로 외국 사람들을 상대로 판매가 잘 된다며 추천했다. 하지만 나는 자신이 없어서 샘플만 가지고 나가겠다고 했더니 샘플도 사야 한다는 것이다. 런던에서 서울까지 비행기를 타고 왔는데, 허무하게 나가는 것 보다는 샘플이라도 가지고 가는 것이 좋겠다는 생각이 들어서 5천불어치를 샀다.

나는 그걸 가지고 다시 영국으로 가서, 아내의 떡 만드는 일을 도와주며 틈틈이 무역 사업에 대한 구상을 했다. 샘플에 대한 반응을 보기 위해서 스트릿 샵에 가서 이런 아이템이 있는데, 거래할 의향이 있냐고 물었더니 전혀 흥미 없어 했다. 가만히 보니 하나에서 나온 제품은 도금 된 제품에 인조다이아를 박은 건데, 영국은 도금한 물건은 안 팔리고 9캐럿의 골드로 장식을 만든 게 잘 팔렸다. 그러니까 전혀 이 아이템이 설자리가 없었다. 그래서 나는 지금도 이때의 경험으로 직원들한테 아무리 좋은 아이템이더라도 현지 조사를 통해 반응이 있는 아이템을 찾아야 한다고 강조한다.

한아의 제품이 영국사람들에게 선호되지 않아서 사가지고 온 5천불어치의 샘플은 하나도 못 팔고 포기를 했다. 그런데 그 제품이 한국 사람에게는 인기가 있었다. 아내가 주재원 부인들을 잘 알아서, 주재원 부인들 귀국할 때, 샘플로 가져온 것을 모두 팔았다. 여자들은 참 재주가 대단한 것 같다.

또 그 샘플을 가지고 서울의 남대문 같이 주얼리를 파는 도매상들이 모여 있는 버웍거리(Berwick Street)로 갔다. 샘플과 가격을 보더니, 인도 주인이 고개를 흔들면서 이런 건 팔 수가 없다고 했다. 영국에서는 아무 곳에서도 호응이 없는 것이었다. 나는 답답한 나머지 "당신들이 파는 게 대관절 뭡니까?" 라고 물었다. 그랬더니 한국에서 온 잘 팔리는 물건들을 보여주는데, 깡통 주얼리였다. 양철로 만든 싸구려 제품에 도금을 해서 주렁주렁 달린 걸 '깡통 주얼리' 패션악세사리라고 한다. 그런 게 한국에서 생산이 돼서 영국에 오면 불티나게 잘 팔린다는 것이다. 그 샘플을 몇 개 얻었다. 이 물건을 팔아봐야겠다는 생각이 들어서 서울로 샘플을 보냈다.

서울 선경 그룹에서 부장으로 재직 중이던 친구가, 직원을 통해 알아봤더니 중곡동 쪽의 가내 수공업 공장에서 패션 주얼리를 만드는 사실을 알았다. 1980년 중반에 일원동, 중곡동, 강북과 강동 쪽에 공장이 많았는데 그중에서 '이평' 이라고 하는, 미국에 제품을 수출하는 작은 회사가 있었다. '이평' 의 현 사장을 친구가 만나자고 했다. 중소기업에 있는 사람에게 선경과 같은 대기업의 무역 부장이 들어오라고 하니 사장은 깜짝 놀랐다고 한다. 선경에 근무하던 내 친구는 나의 사정을 설명하고 물건을 대줄 수 있겠느냐고 물었다. 그 사람은 선경에 납품을 하는 걸로 알고 왔다가 실망은 했겠지만 담당 부장이 부탁을 하니 수십 개의 샘플을 박스에 넣어서 선경에 보냈고, 내 친구가 그 샘플을 다시 나한테 보내 주었다.

기름만 팔고 아무것도 모르던 내가 팔 수 있는 아이템을 구하기까지 이렇게 1년이 걸렸다. 그게 내 비즈니스의 준비 단계였다. 하나님께서 인도하셨기 때문에 가능한 일이었다. 이쪽으로 가다가 길이 막혀서 절망 가운데 있을 때 하나님은 다른 쪽 길을 열어 주셨다. 그렇게 길이 막힐 때마다 새로운 길을 열어주시는 하나님의 손길을 따라서 갔다.

한아의 큐빅지르코니아(cubic zirconia) 제품이 영국시장에 전혀 통하지 않는다는 것을 체험하게 하신 후 그 실패를 통해 싸구려 깡통주얼리 쪽으로 길을 열어 주셔서 내가 새로운 사업을 열 수 있도록 도와주셨다. 하나님은 나침반 같이 내게 길을 가르쳐 주신 것이다.

첫 주문을 받다

...

　버윅(Berwick Street)에서 만난 인도사람 샤(Mrs. Shah)가 준 샘플을 가지고 서울에 부탁을 해서 받아온 샘플을 처음 보여주는 날이었다. 그날 나는 그곳에 아내와 같이 갔다. 아내가 쉬는 시간을 이용해서 포드카를 몰고 버윅에 가서 간신히 주차를 한 후에 자카라이아 주얼리(Zacharia Jewellery)에 들어갔다. 샤(Mrs. Shah)가 나를 알아봤다. "내가 당신이 준 샘플 서울에 보내서 비슷한 것을 받아왔다." 라며 물건을 보여주었더니, 그녀는 5~6개를 고르며 얼마냐고 물었다. 나는 아내와 이미 하루 전날 저녁에 가격을 정해서 공장도 가격에 30퍼센트만 올려서 갔기에 그 가격을 싸다고 하면서 오더를 했다. 한 번 오더에 3천 5백 불 정도를 받았다.

　내 사업 최초의 오더였다. 오더를 받아서 내 차로 돌아오면서 만세를 불렀다. "내가 드디어 오더를 받았다! 하나님 감사합니다!"라고 외치며 아내와 둘이서 기뻐했다. 회사에 들어와서 아이템 넘버를 써서 주식회사 이평으로 팩스를 보내 최초의 오더가 이루어졌다. 그런데 100더즌은 양이 적어서 주문이 어려웠다. 적어도 500더즌 이상은 주문을 해야 하는데 100더즌 주문이 들어오니까, 현 사장은 주문 받기를 난감해 했다. 내가 전화를 해서 "이번만 도와주시면 다음에는 크게 주문을 받을 것 같습니다. 내 인생 처음 오더니까 좀 해주세요." 간청을 해서 오더를 했다. 그렇게 적은 수량이 비행기로 들어와서 첫 번째 납품을 했다.

계산해 보니 큰 영업 수익은 없었던 것 같다. 그러나 들여온 물건 그대로 완전매진이 되었다. 일주일이 지났을 때 그 물건이 더 있느냐고 샤에게서 전화가 왔다. 다시 주문을 하면 3개월을 더 기다려야 한고 했더니 100더즌을 더 오더하겠다는 것이었다. 3개월이 걸려도 괜찮겠냐고 물으니 그렇게 하겠다고 했다.

그때부터 감을 잡았다. 이것이 잘 팔리는 아이템이니까 여분을 가져와서 두고 파는 것이 좋겠다는 생각이 들었다. 나는 다른 회사들에도 샘플을 보여주고 500더즌 오더를 만들었다. 첫 번째는 이익이 별로 남지 않았지만 500더즌이 들여오니까 이익이 좀 더 많이 남았다. 기분이 좋았다. 내가 집에만 쳐박혀 아무것도 하지 않을 때 아내는 나보고 돈은 벌지 않아도 좋으니 어디라도 아침에 나갔다가 저녁에 들어오라며 귀찮아했는데 "여보 경비, 통관비를 빼니까 1000파운드 정도가 남았어요. 당신 월급 받았네? 당신 참 대단하다."라고 칭찬을 해주었다.

내 생애에 처음으로 내 스스로 1,000파운드의 이익을 남겼다는 건 대단한 일이었다. 그렇게 장사를 해보니 꾀가 더 생겼다. 그래서 '이건 잘 팔릴거야, 안팔릴거야' 이렇게 내가 짐작을 할 수 있게 되니까, 여분으로 500더즌을 더 해서 1000더즌을 가져오게 된 것이다. 그래서 500더즌은 비행기로 실어 오고, 500더즌은 경비를 줄이기 위해 배로 선적했다. 배로 오는 물건을 똑같은 가격으로 팔면 이윤이 더 많이 남았다.

내 생애 처음 3천5백 불 오더를 받은 것이 1년 사이에 3만 불로 10배가 불었다. 나중에 세금신고를 위해 회계사를 고용했는데, 그 사람이 어떻게 일 년 만에 수익을 10배를 불릴 수 있느냐며 깜짝 놀랐다. 그후 2, 3년 안에 30~40배가 늘어나는데, 이는 하나님이 축복해 주셨기에 가능한 일이었다.

주얼리 다음에는 여성용 벨트를 팔았다. 서울의 주식회사 광성의 박 사장이 영국에 세일즈를 하러 왔다가 코트라에서 추천받고 나를 만나러 찾아온 것이다. 박 사장이 나를 만나더니 여성 벨트 샘플을 보여주었다. 양쪽에 버클이 있는 2인치, 3인치, 6인치 넓이의 엘라스틱(Elastic)으로 수축이 자유로웠다. 나비버클, 공작버클, 나뭇잎 버클로 된 세 가지를 나한테 보여주면서 이게 미국에 불티나게 잘 나가는 제품인데 영국에서 팔아보는 게 어떻겠느냐고 했다. 나는 박 사장과 샘플을 가지고 또 버윅 스트리트로 갔다.

가서 샘플을 보여주니 잘 팔린다는 얘기만 들었지 물건을 보지는 못했다며 물건을 가져 오면 오더를 하겠다고 했다. 그래서 박 사장에게 첫 오더로 3천 더즌을 요청했다. 당시 1더즌에 5~6달러 중간이었다.

　여자들 벨트로 이 엘라스틱 벨트는 역사상 그렇게 히트 친 적이 없는 정말 엄청나게 유행한 품목이었다. 영국의 여자들 중에 그 벨트를 안 찬 사람이 없을 정도였다. 내가 영국에서 벨트를 하도 많이 팔아서 나를 '벨트맨'이라고 할 정도였다. 얼마나 잘 팔렸냐면 벨트는 무거워서 배로 왔는데 벨트가 도착해서 통관을 하는데 사람들이 기다리지를 못해서 통관하는 부두에 가서 자기들이 직접 물건을 가져갔다. 컨테이너 룸에 두면 그날 중으로 다 나갔고 퇴근을 할 때는 물건을 들여놔야 하는데, 열 평 남짓 되는 공간에 다 들여놓으려면 책상 위와 팩스 위까지 물건을 올려놓고 겨우 빠져나와서 문을 닫았다. 그러면 이튿날 아침에 나와서 다시 물건을 남의 집 담벼락에 내놓고 딜리버리를 했다. 정말 그때를 생각하면 고생을 하기도 했지만 참 재미가 있었다.

　나는 영국에만 국한하지 않고 독일, 프랑스, 스페인 등에 샘플을 가지고 영업을 하러 다녔다. 내가 주재원으로 있을 때 여러 나라를 돌아다니면서 계약을 하고 해외 공사를 했기 때문에 이러한 세일 마인드가 생겼던 것이다. 이게 다 대기업에서 나를 가르쳐준 것이라고 생각했다. 대우는 옷감을 팔아서 한성 실업에서부터 기업을 일으켰다. 대구에서 생산되는 옷감 샘플을 가지고 주재원이 사우디에 가서 현지업자에게서 주문을 받고, 하청공장에서 생산한 것을 납품해서 성장한 회사가 대우였다. 나는 그대로 따라할 수 있었다.

　3년 만에 어카운트가 10만 이상으로 올라갔다. 주얼리를 진행하다보니까 벨트라는 아이템을 하나님께서 주시고 3~4년 지나고 유행이 지나가니까 또 다른 아이템을 주셨다. 얼스코트(Earl's Court)라는 런던 시내에 있는 가장 큰 전시장이 있다. 서울의 코엑스 같은 곳이다. 그곳에 스탠드를 얻어서 나가서 패션 주얼리를 걸어놓고 손님이 오기를 기다리는데, 영 신통치가 않았다. 전시장에 같은 스탠드에 나온 영국 업자가 나를 보더니, 저쪽 끝에 가면 한국 사람이 하는 스탠드가 있는데 그 사람들이 팔고 있는 제품이 이번 쇼에서 가장 성공적으로 많이 팔린다는 것이었다.

그래서 가보았더니 나보다 젊은 한국 사람들 둘이서 전시를 하고 있었다. 뉴욕 브로드웨이에 있는 회사의 미국 교포들이었는데 유럽장사를 해볼까 해서 샘플을 가지고 영국 쇼에 참여를 했던 것이다. 본인들은 다시 미국으로 돌아가야 하는데, 나에게 흥미가 있다면 나에게 영국 담당을 맡아 달라고 했다. 그 아이템이 바로 여자들 머리에 하는 앨리스밴드(Alice Band)와 스크런치(Scrunchy)였다. 이 제품은 당시 처음 발명되어 여자들에게 엄청난 인기를 얻기 시작하여 오랫동안 유행한 아이템이다.

지금은 영국이 모든 면에서 앞서 가지만 당시에는 미국이 영국보다 6개월 정도 패션 정보가 빨랐다. 컬러나 아이템이 앞서갔고, 미국에서 잘 팔리는 아이템들이 영국에 들어왔는데, 미국에서 잘 팔리는 앨리스밴드와 스크러치를 가져오니 영국에서도 판매가 잘 되었다.

주식회사 이평은 패션 주얼리를 만드는 회사니까 이미 그 물건을 어디서 누가 만드는지 알고 있었다. 그 다음 해부터 헤어 패션 제품 수출이 시작 되었다. 헤어 액세서리는 앨리스밴드, 스크러치 이외에 똑딱핀과 수많은 종류의 헤어 액세서리가 있다. 당시 헤어 패션이 유행해서 가져오면 나가고, 가져오면 모두 팔려 나갔다.

내게 1991년도는 특별한 해다. 우리나라와 중국의 국교가 오픈이 됐을 때인데, 내가 처음으로 중국에 들어갔다. 인천 공장에서 여성 액세서리를 만들던 차스무역도 중국 절강성에 있는 '이우' 라는 곳으로 이전했다. 국교가 오픈된 초기에 바로 들어갔기 때문에 중국의 상황은 열악했다. 그래서 패킹 종이를 서울에서 수입하고, 중국 사람들에게 패킹 기술을 가르쳐서 중국의 싼 인건비로 물건을 만들었다.

서울에서 앨리스 밴드를 한 더즌에 3불 받았다면, 중국에서는 1불 50으로 가져왔으니까 같은 가격으로 팔면 중국에서 만들어 오는 것이 2배 이상의 이윤이 남았다. 남이 보기에는 어쩌면 시시한 싸구려 아이템에 지나지 않겠지만 대량 판매가 되어 매출이 몇 십만 파운드 까지 올라갔다. 그런 패션에 대한 아이디어를 적시적소에 하나님께서 주셨다. 하나님께서 내 비즈니스를 이끌어 가는 원동력이 되었다.

교회에서 신년 기도회를 하게 되면, 마지막 날 목사님이 내년도에 소망하는 기도제목들을 써내라고 말씀하신다. 나의 기도제목 중의 하나가 백만 파운드 매출 달성이었다. 매출이 70만 파운드 80만 파운드까지는 올라갔었는데 100만 파운드 달성은 참 어려웠다. 금년에 응답받지 못한 기도제목들은 다음 해로 넘어가고 넘어가서, 그렇게 2, 3년이 지났다. 그러나 그렇게 시간이 지났다고 해서 응답을 안 해주시는 하나님이 아니셨다.

어느 날 목사님이 신년 부흥회 때 간증을 하라고 하셨다. 청년들이 많이 오니까 비즈니스에 대한 간증을 해주면 좋겠다고 하셔서 열심히 간증 자료를 준비하는데, 옛날에 기록해 둔 기도제목들을 모아서 보게 되었다. 매년마다 백만 파운드 매출 달성이라고 써냈는데, 오랫동안 백만 파운드 매출 달성의 기도제목은 응답이 안 된 것이었다.

그러나 내가 모르는 사이에 어느새 매출이 100만 파운드를 상회한 것을 발견했다. 그래서 청년들에게 축복 받는 신년기도회 기도제목에 대해 간증을 했다. 나는 남 앞에 말도 잘 못하고 하는 사람인데 내 간증을 청년들이 감명 깊게 들은 것 같다. 나의 진솔한 경험을 솔직히 나누었기 때문에 은혜가 되었던 것 같다. 그렇게 100만 파운드 매출이 올라가니까 그때부터 회사가 승승장구하기 시작했다. 매출이 3백만 파운드로 거뜬히 올라가고 나중에 천만 불까지 올라가는 역사가 일어났다.

기도를 해서 금방 이루어지지 않더라도 몇 년 동안 끈질기게 같은 기도제목을 써냈고 목사님께서는 성도들이 제출한 기도제목들을 모아놓고 수시로 기도를 해주시기 때문에 나는 기도제목을 꼭 써내라고 권면한다. 내가 혹 기도를 소홀히 하더라도 목회자는 내가 쓴 기도제목을 놓고 나 대신 하나님께 기도를 해주시니 얼마나 감사한 일인가.

버밍엄 페어, 제 2의 성장

• ᵒ •

버밍엄 페어(Birmingham Fair)는 영국에서 가장 큰 전시회로서 우리 회사 성장의 주춧돌이 되었다. 버밍엄은 런던에서 두 시간 반 정도 떨어져 있는 영국에서 세 번째로 큰 도시이다. 그곳에 NEC(National Exhihiti Centre)라는 전시장이 있는데 전시장 옆에 공항도 있고, 기차도 들어갈 만큼 규모가 크다. 2월 첫째 주에는 봄 전시회(Spring Show)가 열리고 9월 첫째 주에는 가을겨울 전시회(Autumn&Winter show)가 열린다. 매년 해당월 첫째 주에 일주일간 계속되는 쇼인데 Spring Show가 더 크다. 전문가들이 신상품을 진열을 해 놓기 때문에 새해 1년 간의 패션 동향을 알 수 있기 때문이다.

나는 버밍엄 페어에 나가려고 매년 신청을 했다. 그런데 2, 3년째 신청을 해도 쉽게 참가 승인이 나지 않았다. 그런데 내가 아는 영국 회사는 불과 1년 전에 신청을 했는데 허가를 받았다는 것이다. 그래서 어떻게 된 일인지 알아보았다. 주얼리 협회(Jewellery Association)에 있는 영국 회사들은 대부분 한국 공장에서 물건을 수입해 오는데, 나는 한국 사람이기 때문에 그 쇼에 나가면 싸게 팔 것이 뻔하기 때문에 우리 회사의 참여를 적극 막았다. 영국 주얼리 협회에서 버밍엄 쇼 주최자에게 압력을 넣어서 '리스 패션'의 참가를 막으라고 한 것이다. 이 사실을 알고 3년 동안 허가를 주지 않고 대기 순서(Waiting List)에만 올려놓았던 것에 대해서 변호사를 통해 항의 편지를 보냈다. 그래서 드디어 우리가 버밍엄 페어에 참석할 수 있었다. 공정상거래 질서에 어긋나다는 항의를 받고서야 결국 허락을 하게 된 것이다.

그러나 그때는 회사 초창기라 정말 어려운 시기였다. 버밍엄 쇼에 나갈 때 아침에 회사에 가서 포드 자동차 트렁크와 뒷좌석에 샘플 박스와 전시도구들을 실었다. 짐이 많아서 트렁크가 닫히지 않으면 줄로 꽁꽁 묶고 트렁크 문이 열린 채로 고속도로를 달린다. 그러다 보면 고속도로 순찰차에 붙잡혀서 딱지를 떼었다. 그렇게 벌금을 내고도 가지 않을 수가 없었기 때문에 고속도로를 벗어나 샛길로 버밍엄까지 갔다. 나는 6평방미터 조그마한 스탠드 하나를 얻어서 가지고 간 샘플을 진열해 놓고 장사를 시작했다. 일주일 내내 손님도 안 들어왔다. 대형 스탠드를 얻어 크게 전시를 해놓은 회사들이 있으니 바이어들은 전부 그런 큰 회사로 가고 우리 같이 작은 회사들의 스탠드에는 파리만 날렸다. 그래도 계속 나갔다. 혼자 모텔을 얻어서 자면서도 어떻게든 이 쇼에서 자리를 잡아야 우리 회사가 발전할 수 있다는 생각밖에 없었다. 그렇게 해마다 쇼에 참가하며 조금씩 규모를 넓혀서 나갔다.

지금은 스탠드를 주문하면 전문업체가 사전에 와서 전시 시설을 완벽하게 설치해 주고 우리 직원들은 가서 샘플만 걸고 오면 된다. 하지만 초창기에는 내가 직접 책상을 얻어서 스탠드를 설치하고 조명시설도 설치했다. 그렇게 열심히 했지만 회사가 작기 때문에 인지도가 없어서 큰 바이어들이 들어오지 않았다. 박람회에 수 년 참석하다보면 어떤 손님이 큰 손님(Big Buyer)인지 알게 된다. 큰 손님이 뜨면 바이어가 자기 스탠드 앞을 지나가기를 기다렸다가 "Hello, how are you?"라고 인사라도 건네 보려고 야단이 난다. 큰 바이어가 한 스탠드에 들어가서 오래 머물며 주문을 하면 주문 하는 양이 굉장하다. 나는 '저런 손님이 나한테 들어온다면 얼마 나 좋을까.'라고 생각하며 사람들 뒤를 졸졸졸 따라다니다가 말 도 못 붙이고 돌아오는 신세였다.

그래도 포기하지 않고 작은 스탠드를 가지고 버밍엄 페어에 5년 동안을 계속 참여했다. 그런데 5년째 되던 해, 큰 바이어가 내 스 탠드 앞에서 걸음을 멈춰 섰다. 그때 벨트 샘플을 전시하고 있었는 데 바이어가 멈춰 서더니 "이것들 재고 있나요?"라고 묻는 것이 다. 나는 재고는 없지만 1개월 정도 여유를 주면 배달해 줄 수 있 다고 말했다. 그러니까 나에게 명함을 주면서 재고가 들어오면 연 락을 하라는 것이다. 헌트(T.W. Hunt)라는 영국 회사였다. 나중 에 미스터 헌트가 나한테 말하길, 내가 처음에는 몽키 비즈니스맨 (엉터리 장사꾼)인 줄 알고 주문을 안 했는데 5년 동안 지켜보고,

주위 사람들의 평을 들어본 결과 착실하게 장사를 한다고 해서 첫 번째 주문을 한 것이라고 말해 주었다. 처음에는 '어떤 중국인이 샘플가지고 왔구나. 다음 해에는 안 나오겠지.'라고 생각했다고 한다. 이 사람이 5년 동안을 나를 지켜본 것이다. 이렇게 끈질기게 5년의 수고 끝에 큰 바이어 하나를 잡은 것이다. 주식회사 헌트는 할아버지 때부터 100년 이상의 비즈니스 역사를 가졌고, 영국의 리버풀에 베이스를 둔 굉장히 큰 회사이다. 지금도 회사에 가보면 간판이 낡아서 금방 떨어질 것 같고 건물도 금방 무너질 것 같다. 할아버지가 인보이스(invoice)한 1920년대 샘플을 액자에 걸어 놓았다. 영국은 이런 것이 재미있다. 우리가 볼 때는 길도 복잡하고 건물도 오래되어 낡았다고 생각이 들지만 그 사람들은 우리와 전혀 달라서 그렇게 오래된 전통과 고물을 버리고 새로 바꾼다는 것을 주저하고 어려워하는 것이다. 지금은 입장이 바뀌어서 우리 회사가 더 커지고 그 회사에서 내 눈치를 보는 입장이지만, 그때는 그 바이어를 하나 잡기 위해서 5년간을 노심초사 했다.

지금은 버밍업 페어에서 우리 회사의 스탠드가 가장 크다. 영국에 "바이어 한 명을 잡으면 먹고 살 수 있고, 두 명을 잡으면 자녀교육을 시킬 수 있고, 세 명을 잡으면 돈을 벌 수 있다."는 말이 있다. 바이어 하나 잡는 것이 그렇게 힘든 일인 것이다. 우리 회사는 5년 만에 바이어 한 명을 잡고, 10년 만에 큰 바이어 둘을 잡았다. 이런 식으로 해서 인내와 끈기로 버텨나갔기에 성장할 수 있었다.

그렇게 해서 리즈패션은 다른 대형 임포터들과 대열을 같이 하

*
105

게 되었다. 한국인으로서 유럽에서 여성 악세서리 비즈니스를 하
는 사람은 내가 처음이었다. 그때부터 주얼리 협회의 중추적인 회
사로서 하루가 다르게 성장하게 되었다.

홀세일을 시작하다

• • •

앞에서 버윅 스트리트에 대한 얘기를 했는데, 당시 런던 시내에 버윅에는 패션 주얼리 홀세일러(도매상)들이 모여 있기 때문에 그 거리에서 거래를 꼭 해야 했다. 그런데 오더를 받고 납품을 하면 그 사람들은 내가 물건을 납품한 가격에서 두 배가 남는 장사를 했다. 내가 납품한 가격이 3파운드라면, 정가를 10파운드로 정하고 40퍼센트 할인을 해서 6파운드로 팔았다. 그래서 나는 항상 홀세일을 해봐야겠다고 마음을 먹었다.

홀세일을 하려면 장소가 있어야 하는데 버윅은 너무 장사가 잘되기 때문에 장소가 안 나왔다. 그래서 "하나님 버윅에 제 비즈니스 장소를 주십시오." 라고 기도를 하기 시작했다. 하루는 배달을 가는데 버윅의 코너 안쪽에 있는 5층짜리 빌딩에 'For Sale'이라고 붙어있는 것이 보였다. 빌딩이 매물로 나온 것이다. 그래서 에이전트에 전화를 해서 건물이 얼마에 거래가 되는지 물었다. 75만 파운드에 나왔다는 것이다. 1991년도에 75만 파운드라면 지금의 750만 파운드와 거의 같다. 내 능력에서 벗어나는 액수라서 50만 파운드면 내가 살 의향이 있다고 했더니 퉁명스럽게 전화를 끊었다.

영국의 비즈니스 스타일은 전화로 미팅 약속을 정하면, 꼭 약속 장소와 감사의 말을 전하며 레터를 보낸다. 그런 절차가 있는 걸 배웠기 때문에 내가 전화를 했던 내용을 편지로 썼다.

> 내가 가진 돈과, 대출(Loan)과 모기지를 얻어서 50만 파운드 정도에 빌딩을 사고싶습니다. 가격이 내려온다면 나한테 연락을 주십시오.

그리고 3개월 이상 그 건물을 두고 기도를 했다.

그때 쿠웨이트 전쟁이 일어났다. 이라크 후세인이 쿠웨이트 침공을 하면서 영국과 미국이 이라크를 봉쇄하는 전쟁이 있었다. 가을이었던 것으로 기억한다. 영국 시장 경제에는 이것이 찬물을 끼얹었다. 영국 내의 부동산 가격이 떨어지고 상점에는 찾아오는 손님들의 발길이 끊겨 상당한 어려움을 겪었다. 그때도 나는 계속 건물을 위해서 기도를 하고 있었는데, 하루는 에이전트에서 전화가 왔다.

"Are you still interesting?(아직도 이 건물을 사실 의향이 있으세요?)"

그래서 나는 '이게 하나님의 뜻인가?' 생각하며 말했다.

"물론이죠, 기도하고 있는데요."

했다. 아마 그들은 그 건물을 위해 매일 기도하고 있었다는 내 말을 이해하지 못했을 것이다. 그랬더니 얼마까지 낼 수 있냐 고 물었다.

"500,000 only. Not a penny more, not a penny less.(50만 파운드, 그 이상 그 이하도 아니다.)"

나는 지난 번과 같은 대답을 했다. 에이전트는 돈을 좀 더 쓸 수 없냐고 제안했지만 나는 그럴 능력이 없다고 대답했다. 그리고 일주일 후에 다시 편지가 날아왔다. 이 건물이 옥션(Auction : 경매, 공개입찰)에 올라가게 되었으니 옥션에 참여하라는 내용이었다. 내가 그 건물에 흥미가 있다는 걸 알고 공개 옥션에 초청을 한 것이다.

나는 우리 회계사와 함께 옥션에 참여했다. 50만 파운드 이상 올라가지 않으면 내가 건물을 살 수 있을 텐데 기도를 하면서 갔다. 그런데 경매가가 75만 파운드까지 올라갔다. 포기를 해야만 했다. 그리고 또 얼마간의 시간이 지났을 즈음이었다. 에이전트에서 전화가 왔다.

"Are you still interesting?(아직도 이 건물을 사실 의향이 있으세요?)"

나는 흥미는 있지만 이미 옥션에서 75만 파운드에 낙찰되지 않았느냐고 물었다. 그랬더니 낙찰 받은 사람이 본 계약에 들어가지 않았다고 했다. 아마 부동산 전문가가 전쟁 때문에 은행에서 돈을 빌리지 못해 자금 문제가 생겨 포기한 것 같았다. 그러니 집주인으로서는 그 사람이 이미 지불한 선급금 7만 오천 파운드 이익을 본 것이다. 75만 파운드에서 7만 5천 파운드를 제외한 65만 파운드면 내게 건물을 팔겠다는 것이다. 하지만 그 금액 역시 내 예산보다는 15만 파운드가 많은 금액이었다. 그래서 정중히 거절을 하고 전화를 끊었다. 2, 3주가 지났는데 에이전트에게 다시 전화가 왔다.

"Are you still interesting?(아직도 이 건물을 사실 의향이 있으세요?)"

영국 촌놈 이야기

*

110

그러면서 이번에는 보증금의 10퍼센트를 즉시 제출할 수 있냐고 물었다. 보증금의 10퍼센트를 지금 당장 은행 수표로 줄 수 있느냐고 물었다. 나는 그길로 은행에 가서 5만 파운드 은행 수표(Bankers Draft)를 받아서 에이전트에 보냈다.

나는 그때부터는 새벽마다 버윅에 있는 그 건물로 출근했다. 새벽 5시쯤 건물에 가서 문 앞에 무릎을 꿇고 기도했다.

"하나님, 50만 파운드에 계약이 되게 해주십시오."

우유 배달하는 사람들이 나를 이상하게 쳐다보기도 했다. 온통 그 기도 하나로 내 마음을 집중했다. 그런데 5만 파운드를 받았으면 "잘 받았다."라는 답을 주든지, 아니면 돌려주든지 해야 하는데 열흘 동안 소식이 없었다. 그래서 변호사를 찾아갔다. 에이전트에서 돈을 받았다는 얘기도 없고 가타부타 얘기가 없다고 했더니 본인이 한 번 연락을 해보겠다는 것이다. 가슴이 두근거리기 시작했다. 나는 이 계약이 성사될 수 있도록 정중하게 편지를 보내달라고 부탁을 했다.

며칠 후 에이전트에게 답변을 받았다. 5만 파운드를 잘 받았지만 결정이 아직까지 안 났다는 것이었다. 우리 변호사가 결정이안 났으면 돈을 돌려줘야 하지 않느냐고 얘기를 해서 이튿날 수표가 돌아왔다. 가격이 안 맞아 주인이 허락을 안 한다는 것이다. 그리고는 또 시간이 지났다. 에이전트에서 다시 전화가 왔다. 그때도 "Are you still interesting?(아직도 의향이 있으세요)?"라며 여전히 똑같은 질문을 했다. 나는 그렇다고 했다. 그랬더니 보증금(deposit)을 가지고 빨리 오라는 말을 했다. 이번에는 집주인도 사무실에 와 있으니 계약하러 오라는 것이었다. 그래서 리젠트파크(Regent park) 옆에 있는 에이전트에 5만 파운드 수표를 가지고 달려가 드디어 계약을 했다. 지나서 생각해보니 터무니없는 가격, 50만 파운드가 아니면 안 사겠다고 하니 하나님께서 여러 가지 상황들을 통해 나로 하여금 건물을 싸게 살 수 있도록 해주셨다는 생각이 들었다.

내가 가진 현금 15만 파운드에 은행 대출을 35만 파운드를 받았다. 그렇게 해서 나는 50만 파운드에 5층 빌딩을 샀다. 아내도 떡가게를 다른 사람에게 넘기고 빌딩 1층에 홀세일점(도매점)을 열었다. 아내가 홀세일 주인이 되고 나는 임포터가 되어 회사에서 수입한 물건들을 아내에게 납품했다. 하나님께서 내 기도를 들어주셔서 버욱에 홀세일 가게를 열게 해 주신 것이다. 이것이 비즈니스 성장으로 가는 또 하나의 중요한 포인트가 되었다.

다음으로는 리즈패션 본사의 위치를 옮겼다. 우리 떡집은 흑인들이 사는 근처에 위치해 있었기 때문에, 패션주얼리를 사러오는 사람들이 방문할 장소가 아니었다. 주얼리 수입 회사들은 전부 파크 로열(Park royal)이라는 곳에 위치하고 있었다. 가령 서울 중곡동에 주얼리 회사들이 있어서 바이어들이 그 동네를 방문하는데 나만 화곡동에 있으면 어떻겠는가. 우리 회사가 정말 비즈니스를 위한다면 그쪽에 사무실을 가져야 했다.

엘리트 크리에이션(Ellite creation)이라는 큰 수입 회사가 있었다. 회장이 인도사람이지만 정말 젠틀하고 합리적이어서 나와 친구 관계를 유지하며 거래를 오랫동안 했다. 사카리니(Mr. Sakarini) 회장이 창고를 사서 파크 로얄로 회사를 옮긴다고 하는 것이다. 그러면서 나에게도 그쪽으로 이사를 오라고 했다. 나는 돈이 없어서 큰 건물은 어렵고, 혹시 조그만 건물이 나온 게 없냐고 물었더니 1350스퀘어 피트 되는 조그마한 창고가 있다고 했다. 그 건물의 주인을 소개해 줄 테니 오퍼를 해보라고 하기에 오퍼를 했는데, 그 건물은 11만 파운드정도 호가했다.

'미스터 터커(Mr. Tucker)'라는 비즈니스센터를 개발한 사람이 11만 파운드면 팔겠다고 했는데, 나는 9만 7천 파운드까지 가격을 불렀고, 서로 네고가 안 되서 교착 상태에 빠져 있었다. 그렇게 한 해를 넘겼다. 그러던 어느 날 인도 회장(Mr. Sakarini)이 진행 상황을 묻기에 9만 7천 파운드 정도 해달라고 오퍼를 했는데 답변이 없는걸 보니 흥미가 없는 것 같다고 했다. 그러니까 건물 주인에게 자기가 전화를 해 주겠다는 했다. 그렇게 해서 미스터 터커와 미팅을 하게 되었다. 결국 9만 5천 파운드라는 가격으로 창고 건물 계약을 했다.

역시 그 장소가 명당이었다. 우리 회사가 임포터들이 같이 몰려 있는 파크로얄에 위치하게 되니까 외국에서 온 사람들이 다른 회사들을 돌아보다가 우리 회사에도 들어오는 것이다. 외국 바이어들을 하나 잡는다는 건 하늘에 별 따기처럼 어렵다. 내가 스웨텐을 가봤겠는가, 스페인을 가봤겠는가? 저 사람들이 나를 어떻게 알겠는가. 그런데 건물 벽에 'Fashion Accessaries'라고 무지개 색깔로 간판을 붙여 놓으니, 지나가다가 우리 회사를 보고 들어와서 무엇을 파는지 확인을 했다. 우리가 가만히 앉아 있어도 바이어들이 들어오게 되는 역사가 일어나기 시작했다.

우리 회사가 가진 강점은 다른 회사들보다 납품을 빨리 할 수 있다는 것이었다. 중국 공장을 조선족이 접촉하기 때문에 때문에 한국말이 잘 통하여, 영국사람들은 오더를 하면 2개월이 걸리는데 우리는 한 달밖에 걸리지 않았다. 사정이 급하니 한 달 만에 납품을 해 줄 수 있냐고 부탁을 하면 조선족 에이전트들과 공장을 설득하여 다른 회사와 같이 주문이 걸려도 나한테 먼저 물건을 만들어 보내 주었다. 중국은 관계가 비지니스의 신용이며 같은 한국말을 쓰며 거래를 오래한 조선족과의 끈끈한 인맥이자 무기였다. 우리 회사의 모토는 'OTSD'이다. "Order Today, Someday Delivery"라는 주문을 받으면 당일날 바로 운송을 했다. 그래서 영국, 인도회사에서 물건을 사던 사람들이 우리 회사로 모이기 시작했고 우리 회사가 성장하는 원동력이 되었다.

그렇게 1991년에 파크로얄 콩코드(Concord) 비즈니스센터에 우리 본사를 옮긴 것이 비즈니스에 큰 기여를 했다. 5년 만에 빌딩을 사고 6년 만에 창고 건물을 산 것은 정말 하나님께서 주신 기적이었다. 하나님께서 넘치도록 복을 주셨는데, 그것은 직장 생활을 마무리 할 때 나에게 제안했던 10만 불에 대한 유혹을 과감히 물리친 것에 대한 보상이라고 믿고 있다. 도매업(wholesale)으로 얻은 정보를 수입(impoter)에 직접 적용함으로써 유행의 선두에 서서 두 가지를 동시에 겸한 장사를 할 수 있었다.

회사가 점점 커져서 큰 창고로 이사를 갔다. 또 1996년부터 백화점 납품을 시작했다. 처음에는 99퍼센트가 홀세일 이었는데, 지금은 홀세일(도매업)보다는 백화점 납품을 더 많이 한다. 현재는 80퍼센트가 백화점 체인샵 비즈니스이고 나머지 20퍼센트가 홀세일이다. 아이템은 패션주얼리, 가발 및 헤어 액세서리, 백화점 체인샵 세일즈, 안경알과 스카프 등이 있다.

한국 사람들이 중국에 대해서 '저러다가 곧 시들겠지.' 생각했지만 우리는 우리 노하우를 믿었다. 시장은 가격 형성으로 흘러 간다. 한국은 인건비가 얼마나 비싼가? 당시 한국 인건비가 2천불 할 때, 중국은 한사람 한 달 월급이 200불, 300불 했다. 그래서 중 국에 들어간 것이다.

IMF가 극에 달할 때 한국 사람들은 당장 내일의 환율을 모르기 때문에 오더를 못 받았다. 밑지면 밑질 각오를 하고 오더를 받아야 하는데, "일단은 오더를 해주십시오. 선적할 때 환율로 가격을 하 겠습니다." 하고 책임을 안 지려고 하니까 오더를 하려고 하던 사 람들이 모두 중국으로 몰려 갔다. 그러니 한국의 군소 업체들이 어 려움을 당할 수밖에 없었다. 이것이 오히려 중국이 일어나게 되는 요인이었는지도 모르겠다.

그런데 나와 거래를 했던 그 친구는 말도 안 통하는데 용감하게 중국으로 가서 사무실을 얻고 사업을 시작했다. 막상 중국에 가서 보니 패킹용지도 없고, 패킹 방법도 모르고 아무런 기초가 없었다. 그러나 그 친구가 적극적으로 폴리백을 수입하고, 패킹 기술을 가 르쳤다. 그렇게 해서 엄청난 수출을 하게 되었고 지금은 자리를 잡 아 재벌이 되었다. 나도 그 친구 때문에 도움을 많이 받았다.

비즈니스를 하다보면 때가 온다. 효자 상품 하나로 몇 년 간의 고생이 다 상쇄되고 그것을 계기로 업그레이드 된 레벨에서 회사 가 경영이 되는 것이다. 나도 마찬가지이다. 주얼리로 처음에 3천 불 오더를 받고, 4천불, 5천불 오더를 받다가, 엘라스틱 벨트가 전 세계적으로 유행하게 되어 하루에 5만 더즌 오더를 받았다. 하루 에 10만 달러 이상의 오더를 받고는 했다. 그런 기회들은 내가 기회를 잡은 게 아니고 하나님이 주신 것이다. 나는 액세서리에 대한 지식이 없었기 때문에 '하나님이 주셨나보다. 오더하자!' 라고 과감히 나갔던 것이 적중을 했다.

지금에는 그렇게 이익이 많이 남는 제품이 잘 나타나지 않는다. 아무리 노력해도 그렇게 유행하고 또 오래 지속된 제품을 본 적이 없다. 하지만 '그런 제품이 언젠가는 터질 거야.' 라는 희망을 가지고 기다린다.

그래서 나는 젊은 사람들한테 자주 이런 말을 한다.

"기도하고 추진했을 때, 네가 기도한 것이 이루어지지 않으면 하나님께서 대안으로 다른 것을 주신다. 절대 그냥 놔두지 않는다. 그러니 기도해라. 변호사가 된다고 기도하고 공부해서 떨어지면 하나님께서는 변호사보다 더 좋은 다른 길을 제시하시는 분이시다. 그러니 기도하고 적은 후에 수첩에 꼭 넣고 다녀라."

내가 실제로 그렇게 해서 응답 받았기 때문이다. 기도제목을 적어서 가지고 다니면 매일 기도하지는 못하더라도 가끔 기도제목으로 쓴 것들을 읽어 본다. 그러다보면 3~4년 후에 저절로 이루어져 있는 것을 발견한다. 길을 터주시고 보여주시고 아이디어를 주시는 하나님이시다. 내가 알지 못하는 곳으로 나를 인도하여 주시는 하나님, 마치 길이 없는 밀림에서 나침반이 되어 주셔서 길을 잃지 않고 목적지를 찾아 갈 수 있도록 하시는, 셰르파 같이 신실하신 하나님이시다.

상표 분쟁

...

상표 분쟁에 대한 이야기는 꼭 해야 할 것 같다. 나는 상표 분쟁으로 고생을 많이 했다. 여성 액세서리 중에서 와이어 트위스트(Wire Twist)라는 것이 있었는데 한때 유행해서 엄청 잘 팔렸다. 그 제품을 팔 때 서울에서 보내준 영어로 된 패키지 "How to use"라는 그림으로 사용설명서가 들어갔다. 얼스코트 쇼에 나가서 와이어 트위스트 샘플을 벽에다 걸어놓고 팔고 있는데 갑자기 영국 사람 4명이 우리 스탠드로 들어오더니 와이어 트위스트를 진열하지 말라고 하는 것이었다. 패키지를 자기들이 만든 것이기 때문에 쓰지 말라는 것이었다. 그래서 저 패키지는 내가 서울에서 가져왔고 그럴 수 없다고 했다. 그 사람들이 그 이튿날 경찰을 데리고 왔다. 고등법원에 중지명령(Injuction)을 신청한 것이다.

상대는 비비 인터내셔널(BB international)이라는 평장히 큰 회사였다. 그들이 내가 와이어 트위스트를 수입해서 팔고 있다는 사실을 알고 아내 홀세일 가게에 들어가 파는 것들을 사진 찍고, 우리 창고에도 손님을 가장해 들어와 패키징 사진을 찍어서 고등법원에 중지명령을 신청한 것이다. 중지명령이 들어가면 그것을 취소해 달라고 우리가 고등법원에 어필을 해야 한다. 만약 내가 패소하게 되면 내가 상표를 도용한 것이 되기 때문에 손해배상금을 물어줘야 하고 변호사 비용, 법정 비용, 영업 손해 등에 대한 비용을 다 갚아줘야 하는 처지였다. 나는 즉시 변호사를 통해서 어필을 했다.

변호사에게 내가 어떻게 이 상표를 사용하게 됐는지 증명을 해야 했다. 서울 생산 업체들에게 이 포장의 출처를 물었더니 다른 공장으로부터 받은 것이기 때문에 잘 모르겠다고 했다. 어떤 사람은 이 그림이 독일에서 처음 나와서 전 세계에 퍼졌을 거라고 얘기를 하고, 어떤 사람은 파리에서 나왔을 것이라고 했다. 그래서 내가 독일과 파리까지 쫓아가서 이 패키지를 언제, 어디서 취급했냐고 물었더니 그들은 미국에서 온 것이라고 했다. 아무 소득이 없이 다시 런던으로 돌아왔다.

내가 할 수 있는 건 기도밖에 없었다. 절박한 가운데 금요 철야에 가서 목이 쉬도록, 바닥에 뒹굴면서 기도를 했다. 새벽 기도에도 가서 "하나님 이 상표분쟁 소송에서 어떻게 해야 할지 모르겠습니다. 하나님이 살려주시지 않으면 저는 영국에 온 목적도 없어지고, 사업도 망하게 되고, 집도 잃고 거지가 됩니다. 살려주십시오." 라며 절박한 기도를 드렸다.

변호사는 우리가 가지고 있는 증거가 약해서 패소할지도 모르니까 반전을 가져올 증거가 있어야 한다고 했다. 상대방이 1980년도에 디자인한 상표등록이 되어 있으니, 우리는 그 이전에 다른 사람이 그 디자인을 냈다는 증명을 하지 못하면 진다는 것이었다. 기도하는 중에 '미국으로 가서 어느 회사가 그걸 처음 만들었는지 봐야겠다.'고 생각을 했다. 수배 끝에 그 회사가 미국 롱아일랜드에 있는 피네스(Finesse)라는 회사라는 것을 알게 되었다.

비행기를 타고 무작정 미국으로 날아갔다. 막상 가보니 주소를 가지고 갔는데도 찾을 수가 없어서 고생을 해야 했다. 롱아일랜드에는 괴한들이 사업자들을 찾아와서 강탈을 해서, 간판을 문 안에다 해 놓기 때문에 찾기가 쉽지 않은 것이었다. 겨우 회사의 위치를 파악해서 조그마한 문을 두들겼더니 '피네스 패션(Finesse Fashion)'이 맞다고 했다. 사장이 출장을 가서 2~3일 후에 온다고 하기에 내 사정을 얘기했더니 직원이 그 패키징을 잘 안다고 했다. 피네스 패션도 비비 인터내셔널(BB international)에 소송을 당했다는 것이다. 그러면서 자기들이 그냥 패키징을 포기하고 다른 패키징을 만들어서 쓰고 있다고 하는 말을 들으니 맥이 빠졌다. 그런데 이 사건을 회사 담당 변호사가 잘 아니까 변호사를 만나보라고 했다.

그래서 맨해튼에 있는 피네스 변호사를 찾아갔다. 찾아가서 내가 비비 인터내셔널에 고발을 당해서 고등법원에서 싸우고 있는데, 내용을 좀 알고 싶다고 했더니 변호사가 자기 고객한테서 이런 정보를 주라는 응답이 있기 전에는 아무것도 말을 해줄 수가 없다고 했다. 그러니 사장이 올 때까지 또 기다릴 수밖에 없었다. 그래서 2~3을 기다려 사장을 결국 만나게 되었다.

절박한 심정으로 내 사정을 얘기했더니 이 패키징은 본인들이 직접 그림을 그려서 서울에 보낸 것이 확실하다는 것이었다. 그래서 왜 비비 인터내셔널의 소송에 맞서지 않고 패키징을 포기했냐고 물으니 시간을 낭비하고 싶지 않았고, 변호사 비용이 많이 드니까 포기했다는 것이다. 대화를 해보니 실낱같은 희망이 보이는 것 같았다. 나는, 다른 사람들은 타협을 했지만 당신들이 나에게 자료를 주면 내가 끝까지 당신들의 몫까지 싸우겠다고 말했다. 그리고 피네스 사장에게 언제 그 패키징이 만들었는지 물었더니 1979년도 말 무렵이라고 했다.

비비 인터내셔널은 1980년도 4월에 했다는 증거를 제출한 상태였다. 그러면 1979년 12월에 만들었다는 기록이 남아있는지 물으니까 없다는 것이다. 그림 디자인을 인천의 어느 공장에 보냈는데, 그 공장이 여관으로 바뀌었기 때문에 자료가 남아있지 않다고 했다. 그런데 사장이 샘플을 보낸 익스프레스에 문의를 해보면 어떻겠냐고 해서 문의를 했더니 샘플을 보낸 날짜가 1979년 12월인 것을 증명을 할 수 있었다.

그리고 당시 익스프레스 회사로 샘플을 보내면서 패키징 디자인을 팩스로 인천에 보내는데, 팩스 밑에 날짜가 찍혀있는 것이 남아있었다. 나는 증거물인 그 자료들을 가지고 런던으로 돌아가서 변호사에게 보여주었다. 드디어 이 재판에서 승소할 가능성이 보이기 시작했다. 변호사의 말에 의하면 시이소오가 이제 평행을 보이

영
국
촌
놈
이
야
기

*

120

기 시작했다고 했다.

그래서 1988년 11월에 고등법원에서 재판이 시작되었다. 재판장에 가면 상대방과 반대편에 앉는다. 저쪽에서는 검정 정장을 입고 온 회사 직원 수십 명이 사세를 자랑하며 자료를 트롤리에 싣고 왔다. 우리는 달랑 3명만 가서 앉아 있을 뿐이었다. 바로시타와 변호사, 그리고 나 이렇게 셋이었다. 우리 자료는 그 동안의 변호사 기록과 최후의 보루로 1979년에 팩스를 보낸 자료만 가지고 나갔으니까 수트케이스로 하나도 안 됐다. 나는 앉아서 기도만 했다.

'저 판사님 생각을 성령님께서 바로 잡아 주시고, 악한 마귀 틈타지 않게 해주시고, 사실이 증명되게 해주셔서 영국 법의 정의와 권위가 이루어지게 해주십시오.' 하면서 판사에게 눈을 떼지 않고 속으로 계속 기도했다.

판사가 '저 사람이 나를 왜 그렇게 쳐다보나.' 라고 생각했을 것 같다. 재판은 양쪽 의견을 듣고 진행되기 때문에 굉장히 오래 걸린다. 재판은 계속 연기되고, 또 다시 연기되고, 결정이 안났다. 재판이 끝나고 나서 변호사에게 진행 상황을 물어봤더니 상대 회사에서 제출한 많은 증거를 반박해야 하는 과정을 설명하며 "시이소오로 치면 이제 약간 50 대 50으로 비중이 갔습니다." 라고 말했다. 나는 나를 도와줄 사람이 없으니까 하나님을 붙들고 기도를 했다.

1988년도 12월 10일쯤 됐을 것이다. 변호사가 나를 만나고 싶다고 전화를 했다. 그래서 변호사실에 갔더니, 저쪽에서 합의 제안이 들어왔다는 것이다. 내주에 법원 최종 판결이 나서 내가 지게 되면 저쪽 경비까지 다 물어줘야 하는 상황인데, 그들의 요구는 이 패키지를 포기한다는 서약서만 내가 합의하면 이제까지 든 모든 경비는 각자가 부담하고 서로 자유해지자(Walk-Away)고 요청이 들어온 것이다.

솔직히 재판에서 지면 나는 망하는 거니까 솔깃했다. 그러나 하나님께서 내게 오른팔을 들어 주셔서 승소를 하게 해주실 거라는 믿음이 있었다. 또 저들의 제안에 합의하면 여태까지 든 변호사 비용을 내가 내야 하는데 2~3만 파운드 내는 것도 힘에 벅차고 억울했다. 갈등이 많았다. 나는 변호사를 통해 합의를 못하겠다고 거부했다.

최종 판결일은 다가오고 크리스마스 얼마 전에 최종 공판이 열렸다. 법원에 도착 했는데 변호사가 나를 불렀다. "이 법정에 들어가기 전에 마지막으로 저쪽에서 제안이 들어왔다. 즉 이제 들어가면 최종 판결이 나니까 들어가기 전에 다시 한 번 저쪽에서 타협이 들어왔다. 패키지를 사용하지 않는 조건하에 합의를 하면 우리 변호사 비용 중 50퍼센트를 대신 물어주겠다고 제안했다는 것이다. 그런데 그때 내 마음속에 이 재판에서 승소할 수 있다는 분명한 확신이 들었다. 나는 잠시 시간을 달라고 하면서 법원 뒷 건물로 가서 하나님께 기도했다. 내 마음 속에 확인이 들었다. 하나님께서 승소하게 해주신다는 것을.

나는 변호사한테 말했다.

"I want to see british justice.(영국의 살아 있는 정의를 보고 싶습니다.)"

그는 이제 판결이 나면 그 다음에는 돌이킬 수 없다고 내게 말했다. 나는 법정에 들어가 앉아서 계속 기도를 했다.

"판사님이 나의 손을 들어주시고 악한 마귀 틈타지 말게 해주시고, 성령님 이 법정을 운행하시고 공중 권세를 잡아주십시오."

속으로 이렇게 기도하면서 판사를 또렷이 봤다. 법정은 분위기가 시종일관 무거웠고, 양쪽 변론 용어도 알아듣기 힘들었다. 그래서 그 날 최종 판결이 나왔는데, 나는 뭐라고 하는지 몰랐다. 기도만 하고 있었는데 "땅, 땅, 땅." 판사가 판결을 끝냈다. 이때 변호사가 나를 돌아보면서 "You know what?"이라며 판결 내용을 설명해 주었다. 우리가 피네스에서 받은 자료가 79년 11월 페덱스(Fedex) 익스프레스에서 온 증거임을 인정하고, 상대방이 가지고 나온 1980년 4월의 증거는 거짓이라고 판결이 난 것이다. 다윗과 골리앗의 싸움에서 우리가 승소를 한 것이다.

이렇게 재판에서 승소함으로, 비비 인터내셔널 측이 내 변호사 비용을 다 지불했다. 내가 증거를 입수하기 위해 프랑스, 독일, 서울, 미국에 오가며 쓴 티켓 비용과 숙박비, 그리고 일당 변호사 비용과 전화 통화, 편지, 우표값까지 모든 비용을 전부 정산해 받았다. 당시 우리 회사의 영국 비서는 전화 오고간 것과 모든 속기 기록을 해놓았는데 그 덕을 톡톡히 봤다. 얼스코트에서 편지 쓰는데 걸리는 시간까지 전부 시간 기록을 해 놓았기에 계산해서 보상을 받았다. 우리는 이 소송 때문에 장사 못 한 손해 배상까지 받을 수 있었다.

하나님께서는 내가 죽기 살기로 외치는 절박한 기도를 들어주셨다. 내 평생에 그렇게 열심히 기도한 것은 처음이다. 나는 아무것도 모르고 패키지를 사용했지만 상대 회사는 힘으로 강하게 밀어붙이면 작은 회사들이 패키징을 포기할거라는 약점을 이용하려 했던 것이다. 하지만 내가 하나님만 믿고 끝까지 대항할 줄은 몰랐을 것이다. 나는 그 사람들이 나에게 합의서를 보냈어도 타협하지 않았다. 한국 사람의 끈질긴 자존심이 발동한 것이었을까? 영국의 정의를 보고 싶은 마음으로 하나님만 믿고 앞으로 나갔더니 결국은 승소하도록 하나님께서 도와 주셨다. 이 사실을 미국 회사에 알렸더니 축하 편지가 왔다. 나는 그들에게 오히려 당신들 때문에 이겼다고 감사의 답장과 선물을 보냈다.

하나님은 이렇듯 내게 포기하지 않고 증거를 찾기 위해 독일로, 프랑스로, 뉴욕 롱아일랜드의 무시무시한 흑인동네로 물어물어 찾아가서 사장이 기억하지 못하는 증거를 발견하게 하셔서, 패소해서 무너질 회사를 지키게 하셨다. 하나님께서 살려주신 것이다. 이 간증은 회사 경영과 관련해 내가 우리 직원들에게 말할 때마다 지적재산권(Intellectual Property Right)이 그렇게 중요하다고 강조한다.

고발을 당하다

...

비즈니스를 하면서 고발당하는 경우가 있다. 직원들이 앙심을 품고 그런 경우가 있는데 내가 많이 당했다. 경리업무를 하는 스리랑카 남자였는데 자기 봉급에 불만이 있었던 것 같다. 그래서 사짓한 후 나를 국세청에 고발했다. 그런데 그 사람이 고발을 할 때 나에 대한 엄청난 거짓말을 했다. 그 사람은 시시한 고발을 하면 국세청이 움직이지 않는다는 것을 잘 아는 사람이었다.

"미스터 리(Mr. Lee)는 세금을 안 내기 위해서 현금으로 백화점에서 몇 천 파운드짜리 침대를 샀다. 딸한테 구좌로 돈을 많이 넣어주고 세금을 안 낸다. 빌딩을 산 것도 다 탈세해서 산 거다." 라는 엄청난 모함을 했다. 나를 조사하려고 워터루 로드(Waterloo Road)에 있는 국세청 특별 조사단이 나왔다. "이것은 어떻게 샀느냐, 이 집은 어떻게 샀느냐, 이 빌딩은 어떻게 해서 샀느냐." 내 모든 것을 미주알고주알 처음부터 다 까기 시작했다. 그렇게 한 2년을 끌었다.

영국에서는 탈세한 사람에 대해 탈세한 만큼의 세금을 내는 것이 아니고, 벌금에 이자까지 더해서 엄청난 양의 세금이 부여된다. 그래서 어떻게든지 이 싸움에서 이겨야 했다. 그래서 모든 돈의 출처를 다 증명을 해야 했다. 그런데 그때 당시에 우리나라 외환 관리법이 있어서 최대 100불밖에 환전을 안 해주는데 퇴직금을 가져올 방법이 없었다. 그래서 어쩔 수 없이 암시장에서 바꿔서 가져올 수밖에 없었다. 그런데 그 부분을 국세청에서 인정해주지 않았다. 그래서 서울까지 가서 주식회사 한양에서 퇴직금을 준 증명서를 떼고, 공증을 받아서 제출했다. 또한 한국에서 영국에 오는 인편을 통해 환전한 돈을 가지고 온 것이라고 설명했다.

당시 영국은 9만 파운드 이상을 세금 안 냈다고 하면 벌금을 내고 강제 추방을 시켰다. 때문에 어떻게든지 정직하게 세금을 내야 했다. 국세청에서는 처음 내게 9만 파운드 정도 세금을 부과했다가 모든 증명을 하자 결국 1만 천 파운드로 세금을 줄여 부과했다. 하나님의 역사하심이라고 생각한다. 어카운트 증명을 할 수 없었는데, 어떻게 서울에서 방문한 사람을 통해 돈을 가져온 것이라는 말을 세무직원에게 믿게 할 수 있었을까.

나는 2년 간의 끈질긴 싸움 끝에 1만 천 파운드 세금을 내고 이일을 마무리했다. 하늘을 날 것 같았다. 영국에서는 세금 탈세를 하면 가만히 놔두질 않아서 불법을 하고는 살기가 힘들다. 그래서 영국에 살려면 법을 지키고 정확한 세금을 내야 한다. 나를 고발했던 스리랑카 사람은 내가 큰 손해를 볼 줄 알았을 것이다. 나중에 길가에서 거지 행색으로 가는 것을 보았는데 내가 피했다. 어떻게 내가 돈을 아이들한테 몇 천, 몇 만 파운드를 계좌로 넣어줬다고 거짓말을 할 수가 있었을까. 정말 믿을 수가 없다.

모든 사람이 다 그렇지만 나는 문제가 생기면 하나님한테 때를 많이 쓰고 기도하고 매달렸다. 하나님이 보시기에 한심했을 것이다. 문제가 생겨야만 기도를 하니까 말이다. 아내에게 내가 처한 상황을 이야기하기도 하지만 아내의 믿음이 조금 늦게 시작되었기 때문에 합심해서 기도할 수 있는 상황이 아니었다. 하나님은 그렇게 홀로 부르짖는 나의 기도를 외면하지 않으셨다.

"내가 옛날 곧 이전 해를 생각하였사오며 밤에 한 나의 노래를 기억하여 마음에 묵상하며 심령이 궁구하기를" (시편77:5-6).

환난 날에 주께 매달리던 때를 생각한다. 스리랑카 직원이 나를 무고했을 때 (한 번은 국세청에, 한 번은 경찰서에) 나는 새벽 기도에서 밤의 노래를 했었다. 이 환난에서 나를 건져 주소서 노한 물결 지나도록 나를 숨겨 주소서. 나를 돌보시사 고이 품어 주시고 험한 풍파를 지나도록 해 달라고 부르짖었다. 그리고 그 기도를 들으신 하나님께서 나를 품어 주신 것을 기억한다. 기도를 들어 주시는 나의 하나님 그러나 그 당시에는 얼마나 안타깝고 간절했고 급했던지 내 입으로 "사탄아 물러가라. 사탄아 물러가라." 걸으면서, 하늘을 바라보며 주먹을 허공에 흔들며 주님의 임재를 구했었고 주님의 위대한 기적의 역사를 간구했다.

　밤의 노래를 들어 주신 것이다. 고등 법원에서 지적 재산권 소송으로 위기에 몰렸을 때는 철야 기도로 뒹굴며 목이 쉬도록 기도 했었다. "이 송사에서 지면 나는 망합니다. 주님의 아들을 망하시게 하시겠습니까?" 하나님께 따지듯 기도했었다. 나의 밤의 노래를 들어 주셔서 승소하게 하신 하나님을 기억하며 감사드린다. 아삽은 "주께서 영원히 버리실까? 다시는 은혜를 베풀지 아니하실까?" 걱정하며 근심하는 기도를 올린다. 당연히 걱정이 앞서리라. 그러나 나의 경험은 아삽에게 이렇게 말한다. "걱정 마시고 기도 하십시오. 밤의 노래를 하나님은 반드시 들어 주십니다." 하고 말이다.

3부_동행

나는 밤을 꼬박 새우고 목사님을 생각하다가 내가 교회를 조용히 떠나는 것이 옳다고 생각했다. 그래서 아내에게도 이야기하지 않고 교회를 떠났다. 새로 부임하시는 목사님이 순조롭게 정착하시길 기도하며 조용히 정든 교회에 등을 돌렸다. 그날 이후 나는 런던순복음교회를 떠나서 방황하기 시작했다.

가족신앙

...

　처음 하나님의 은혜를 경험한 후 나는 아내에게 함께 교회에 가자고 제안을 했다. 하지만 아내는 내가 교회 다니는 것에 대해서 비판적이었다. 마지못해 구역예배 때 차를 대접하는 정도였다. 나는 전도 활동에 열심이어서 전도 문구를 써서 아파트 가구마다 돌리기도 했는데 아내는 이것을 싫어했다. 교회 권사님과 집사님들이 아내를 전도하기 위해 우리 집에 방문해 복음을 전하려 해도 아내는 고집불통이었다.

　그러다가 내가 영국에 가고 1년 후, 아내도 아이들과 함께 영국에 오게 되면서 아내도 교회 나오게 되었다. 이민 사회에서 교회는 친목과 정보 수집의 매개체 역할을 한다. 지점에서 3, 4년 근무하려면 사람들 얼굴을 보기 위해서라도 교회에 가야 하는 환경이다. 영국에서는 교회가 하나의 마을회관과 같은 역할을 한다. 교회에 나와야 한국 사람을 만나고 이런 저런 이야기를 나누며 현지에서 아이들을 양육하는데 필요한 정보도 얻을 수 있기 때문이다.

영국에 가서야 우리 온 가족은 비로소 교회에 나가게 되었다. 가족 찬양도 부르고 피상적인 교회 생활을 시작했다. 그러나 하나님의 은혜를 경험하거나 온전히 믿은 것은 아니었다. 신앙이 없기 때문에 철야 기도나 부활절 수련회 등은 가지 않고 주일 예배만 참석하는 정도였다. 타지에서 의지할 곳이 없었고, 여러 사람을 만나야 했기 때문에 억지로 출석했던 것 같다.

이 시기에 나는 아내가 나의 믿음 생활에 동반자가 되어주지 않는다는 것에 서운함이 컸다. 그러다보니 다정한 분위기를 유지하는데 어려움이 많았다. 나는 나대로, 아내는 아내대로 따로 생각하고 생활했다. 아내는 교회에 남편을 빼앗겼다는 생각이 있었기 때문인지 항상 나와 교회를 비판했다. 그러면서 신앙에 대한 괴리가 찾아왔다. 나는 교회에서 살다시피 했고, 아내는 아이들 교육과 집안 살림, 그리고 지점장 부인으로서 교제를 주로 했다. 그러다보니 아내는 내 행동반경을 모르고 나는 아내 행동반경을 몰랐다. 아내는 집에 있는 시간이 많으니까 내가 귀가하면 하나님이 가정보다 더 중요하냐며 불만을 표시했고, 그러면서 우리 부부 사이에는 종교적 갈등이 깊어갔다.

아이들도 엄마가 믿지 않으니 교회 생활을 재미없어 했다. 영국에는 부활절 연휴가 있다. 교회에서 가장 중요한 절기이기 때문에 3박 4일로 부활절 수련회를 간다. 예배 장소와 숙소를 전문적으로 빌려주는 곳에서 장소를 빌리고, 특별 강사를 초청해 집회를 진행

133

한다. 그러면 우리 부부는 수련회 장소로 가는 차 안에서 항상 싸움을 했다. 아내는 다른 가정에서는 부활절 연휴에 유럽 여행을 가는데 왜 우리 가족은 수련회에만 참여를 해야 하느냐며 하나님이 주신 자연을 누리는 것도 하나님의 뜻이라고 불평했다. 나는 아내에게 "부활절에 예수 그리스도의 십자가의 고통의 의미와 보혈의 의미를 깨닫고, 하나님을 만나는 것이 우리가 할 가장 중요한 일이다. 거기서 우리 아이들과 나의 장래를 위해서 기도하고, 가정의 기도제목을 응답받는 게 가장 중요한 일이지 어떻게 여행이 더 중요하냐."고 주장했다. 서로의 뜻이 달랐다. 그러면서 목소리가 높아지는 상황이 벌어졌다. 하지만 그런 엇박자 가운데에서도 아내는 가정에서 나의 리더십을 존중해 주었고, 불평을 하면서도 내가 하는 일을 소극적이나마 따랐다. 아이들 또한 마찬가지로 아버지 없이 어디 갈 데가 없으니 따라다닐 수밖에 없었다.

　한국에서 목사님들이 방문하면 내가 목사님들을 모시고 다니며 안내를 해야 하는 상황들이 많았다. 그러다 보면 너무 바빠 집에 늦게 들어갈 수밖에 없는 경우가 많았다. 귀가를 해 보면 아내가 등을 돌리고 앉아서 "어디서 뭐하고 들어오느냐. 나를 왜 항상 과부로 만드느냐."는 태도로 나를 원망스러워 했다. 아내는 내가 어디서 무얼 하는지를 파악하지 못했고, 나는 나대로 밖에서 수고한 것에 대해 이해받지 못한 서운함이 쌓여갔다.

　그러던 어느 날 나는 바울에게 생질이 있다는 것을 사도행전 말씀으로 처음 알게 되었다.

"바울의 생질이 그들이 매복하여 있다 함을 듣고 와서 영문에 들어가 바울에게 고한지라"(사도행전23:16).

하나님께서 바울을 살리시기 위해 생질을 시켜 유대인의 음모를 알게 하시는 대목이다. 하나님께서는 바울에게 나타나셔서 "예루살렘에서 나의 일을 증거한 것 같이 로마에서도 증거 하리라." 하셨는데 예루살렘에서 바울을 구하시기에 생질을 이용하신 것이다.

아내가 용종 수술을 받은 적이 있다. 어디가 아픈 것도 아니고 증거가 나온 것도 아니지만 내가 몇 년 전에 한국에서 용종 시술을 했으므로 다시 검사를 해 볼 때가 되어 아내도 같이 검사를 받았다. 그런데 나는 이상이 없고 아내에게만 이상이 발견되어 조기에 깨끗이 시술한 것이다.

바울을 위해 생질을 사용하신 하나님께서 아내의 건강을 위해 나를 사용하셨다는 생각을 했다. 하나님은 로마에서 전도해야할 바울을 예비하시며 생질을 사용하셨다. 이와 같이 나를 통해 하나님께서 아내를 사용하시기 위해 계획하시고 계시는 것을 느꼈다.

정말 그랬다. 아내는 권사가 된 후에 달라졌다. 직분을 맡고 난 후 아내는 찬양대 봉사를 시작했고, 내게 교회 새벽 기도와 부흥회에 같이 가서 기도하러 가자고 할 정도로 변화가 된 것이다. 아내가 교회에 마음을 열게 되자 내가 교회에서 어떤 일을 하는지는 자연스럽게 파악이 되었다. 그래서 나의 귀가가 늦어지면 '오늘 목사님이 오셨으니까 접대를 하러 갔구나.' 하는 것을 알고 불평을 하지 않았다. 내가 교회 일에 대해서 이런저런 부탁을 하면 흔쾌히 들어주며 협조했다.

아내가 변하니 천군만마를 얻은 것처럼 힘이 났다. 나는 아내의 도움을 힘입어 성전 건축 위원장도 하고 조용기 목사님 초청 성회 준비도 할 수 있었다. 지금은 나보다 일찍 일어나서 새벽에 응접실에서 통성 기도를 할 정도로 나중 된 자가 먼 저 된 믿음의 사람으로 변화되었다. 어려운 문제가 있을 때 아내의 기도는 가정에 안정과 평안을 줬다.

하나님의 은혜로 우리 가정에는 며느리를 포함한 자녀들 모두가 신앙을 갖게 되었다. 그렇게 비판적이던 큰아이도 예수를 믿게 되었고, 직장 기도회에서 남편을 만나 결혼을 했다.

목사님들이 믿는 사람끼리 결혼하라는 권유가 바로 나와 같은 전철을 밟지 않게 하려는 좋은 배려임을 알 수 있다. 부부는 행동 반경이 같아야 한다. 그래야 서로가 서로를 이해하게 되고 협조함으로 신앙 안에서 시너지를 낼 수 있기 때문이다.

1년치 십일조

...

"예수께서 제자들을 불러다가 이르시되 내가 진실로 너희에게 이
르노니 이 가난한 과부는 연보궤에 넣는 모든 사람보다 많이 넣었
도다." (마가복음12:43).

헌금 액수에 따라 종종 믿음의 크기를 바라보는 시각이 있는데
이것은 잘못된 것이다. 나는 헌금의 내용에 따라 믿음이 받아 드려
져야 한다고 생각한다.

물질과 믿음을 동일시 하는 것을 겉으로는 부정하지만 "창고에
서 인정 난다" 라는 우리 속담처럼 많이 내는 사람을 사회는 인정
해준다. 이것은 하나님의 말씀과 명백히 위배된다. 마음과 뜻과 정
성을 다하여 많이 내고 주님을 먼저 섬기는 자세로 드릴 때 하나님
께서 기뻐하실 것이다. 헌금 드리는 태도를 점검하고 하나님이 기

뻐 받으시는 자세와 예물을 드려야 할 것이다.

처음 예배를 통해 하나님을 믿게 되고 신앙생활에 열심이었던 나는, 그럼에도 불고하고 수단 영빈관 현장에서 지낸 1년 동안 십일조를 안 한 일이 벌어졌다. 해외 봉급은 국내 봉급의 2배, 3배 정도로 액수가 꽤 많았다. 그런데 그런 월급의 일년치 십일조를 한꺼번에 내려니 부담되고 안 내려니 하나님께 죄송했다. 결국 십일조 문제로 아내와의 갈등이 시작됐다. 그러다가 아내의 동의를 포기하고 내 독단으로 1년치 십일조를 계산해 헌금으로 드렸다.

이 일이 집안에 문제가 되었다. 형님은 나한테 "여기 1년치 십일조를 한꺼번에 다 바치는 무식한 순복음교회 장로 왔어요."라는 농담겸 진담이 섞인 말까지 했다. 하지만 신앙 생활에 있어 십일조의 양심이 얼마나 중요한지 나는 이 사건을 통해 교훈받았다. 십일조 사건 이후 하나님께서는 내가 드린 십일조의 몇 십 배의 축복을 주셨다.

은혜였다. 나는 신앙의 후배들에게 하나님께서 누룩을 흔들어 넘치도록 해주시는 것을 믿고 십일조를 하라고 권한다. 혹자들은 십일조는 옛날에 제사장들이 주장하던 것일 뿐, 신약에서는 없어진 기복 신앙이라 말하기도 한다. 그러나 나는 그들에게 이렇게 얘기한다.

"나는 잘 몰라. 하지만 확신할 수 있는 건, 내가 십일조를 했더니 하나님께서 나에게 더 많은 축복을 주셨어. 그걸 내가 경험했다는 거야."

나는 교리에 대해서는 잘 모른다. 그러나 실천하고 경험하는 신앙이 중요하다는 것을 믿는다.

제주도에 팬션을 사서 IMF때 부도 난 동생 부부에게 경영을 맡겼었다. 동생은 '새하늘과 새땅'이라는 하나님의 기도응답을 받았는데 공교롭게도 내가 제주도 팬션으로 가지 않겠느냐는 권유를 하자 바로 응답 받았다고 여기고 제주행을 결정했다. 나는 그때 동생 권사에게 "처음 사업이 아무리 어렵더라도 꼭 십일조를 하십시오. 그게 축복의 지름길입니다."라고 단 한 가지 부탁을 했다.

동생은 장로교 권사인데, 십일조에 대해 큰 이해를 하지 않고 있다가 내 말을 듣고 처음에는 난처해 했다. 몇 개월 뒤 제주팬션을 방문하여 가족예배를 드리고 십일조 얘기를 물어보았더니 수입이 없어서 안 하고 있다고 했다. 그러나 나는 강경하게 권유했다. 30만원이 입금되면 무조건 3만원은 떼어 놓으시고 나머지로 사세요. 십일조는 하나님의 것이니 도둑질하지 마세요. 오라비가 하도 강하게 권하자 동생은 십일조를 시작했다. 매월 경리보고 때마다 십일조 부분을 눈여겨 보았더니 계속 교회에 헌금하는 것이 보였다.

10여 년이 지난 지금 제주 힐타워의 십일조는 계속 되고 공실율 없이 많은 사람이 숙박하여 몇 년 전에는 옆에 대지 300평까지 구입하는 축복을 받았다. 동생은 요즘 내게 말한다.

"오빠 말대로 십일조 생활을 했더니 하나님께서 누르고 흔들어 넘치도록 채워 주셨어."

*

교회의 위기와 극복

...

영국 주재원으로 발령을 받았을 당시, 나는 집사였다. 영국으로 떠나기 전에 교회 선교국에 가서 영국에 지교회가 있는지 확인하고 교회 전화번호와 목사님 전화번호를 가지고 출국을 했다. 영국에 도착해서 가지고 온 번호로 전화를 했더니 목사님은 내가 도착한 이튿날 나를 보려고 부리나케 사무실로 찾아 오셨다. 굉장히 반가워하셨다.

그 주 주일날 처음으로 영국의 지교회에서 예배를 드렸다. 감사하게도 하나님께서는 어디를 가든지 아는 사람을 붙여주셨다. 예배를 마쳤는데 누가 내 등을 가볍게 두드렸다. 어리둥절해서 돌아보니 어떤 여자 분이 "저 모르세요?"라고 묻는다. 대학생 시절, 내 노트를 빌려가고, 내가 강의를 못 들었을 때 노트를 빌리기도 했던 영문과 1년 후배가 서 있었다. 남편이 대한중석에 주재원으로 나와서 3년 동안 런던에 머무르며 교회에 출석한다고 했다. 그 때까지 나는 하숙해야 할 곳을 정하지 못한 상황이었는데, 다행히 그 친구 집이 지사 옆이라서 후배 집에 식사를 대놓고 먹을 수가 있었다. 그때가 런던순복음교회가 설립되고 2년째 되던 초창기였 다.

순복음교회의 특성은 구역 예배다. 구역 예배에 대해 내가 인상 을 좋게 받아서 교회 예배에 나가 예수를 믿게된 것처럼 구역 예배 가 굉장히 중요하고 핵심이 된다. 내가 런던에 주재원으로 나갔던 당시 나는 회사원이었기 때문에 은행에서 주재원으로 나온 사람 들과 구역 예배를 드리게 되었다. 외환은행 차장이었던 한 장로님 이 구역 예배를 인도하셨다. 그런데 장로님과 목사님과의 사이에 가벼운 갈등이 보이기 시작했다. 장로님의 입장에서 목사님의 조 직적이지 않은 교회 운영이 마음에 안 들었던 것 같다.

어느 날 오후 내가 하숙집에서 쉬고 있는 내게 장로님의 사모님 이 전화를 했다. 그리고는 목사님에 대한 불만을 터뜨리기 시작했 다. 자기들의 생각을 말한 후에 나의 생각을 물었다. 나는 목사님 이 아무리 잘못을 하고 마음에 안 든다고 하더라도, 우리는 성도이 기 때문에 목사님은 하나님께서 인도해 주시기를 기도를 해야 한 다고 생각했다. 그렇기 때문에 목사님에 대한 비난이나 정죄를 하 는 것은 옳지 않다고 주장했다. 그렇게 서로의 주장을 이야기하며 한 시간 이상 설전을 했다.

결국은 그들 부부의 목사님에 대한 성토가 크게 번졌고 문제를 일으켰다. 설상가상으로 목사님까지 실수를 하는 일이 벌어졌다.

당시 런던순복음교회는 윔블던의 노동 회관을 빌려서 주일 예배를 드리고 있었다. 성도는 20~30명 정도였다. 그때 영국에는 한인교회가 많지 않았다. 그런 환경에서 독일에서 신학을 마친 장영보 목사님이 런던에 교회를 개척하고 순복음교회 간판을 내걸었다.

장영보 목사님은 영국에 신학대학을 세우기 위해 서울에서 학생들을 모아 영국으로 데려왔는데, 영국 법을 잘 모르는 과정에서 계약을 한 것이 문제의 발단이 되었다. 일반 건물에서 학생들을 가르치는 일은 사무실의 목적과 달라 허가가 나지 않기 때문이다. 결국 신학교 교육이 허락되지 않아 계약이 취소되는 바람에 학생들이 쫓겨나는 상황이 벌어졌다. 그로 인해 멀리서 온 신학생들이 방황을 하게 되었고, 대사관에 가서 항의를 하는 일이 벌어졌다. 목사님이 한순간에 사기꾼으로 몰리게 된 것이다.

이런 가운데 목사님이 우리 집을 찾아 오셨다. 그렇게 우리 집에서 마지막 밤을 지내고 야반도주하듯 미국으로 떠나가셨다.

지금도 나는 성도가 목회자에 대한 불만이 있다면, 가장 먼저는 성도로서 하나님께 기도를 해야 한다고 생각한다. 여의도순복음교회에서 장로들이 조용기 목사님에 대한 법적인 조치를 하자는 반격 운동을 벌이고 있는 것도, 나는 성도들의 본연의 자세가 아니라고 생각한다. 모르는 사람은 목사님을 비판할 수 있지만, 어떻게 곁에서 모셨던 장로들이 목사님을 비난하고 흔들어서 떨어트릴 수 있는가.

내 얘기가 다른 방향으로 흘렀는지는 모르지만, 그렇게 해서 런던순복음교회의 수난이 시작되었다. 장영보 목사님이 떠나신 후에 교회는 목회자도 없이 상황이 더 어려워졌다. 결국 회의를 통해 각자 자기 집 근처 교회에 다니자는 결정이 났다. 마지막 예배를 드리던 날, 내가 대표 기도를 했다. 그런데 기도를 하는 중에 교회 일에 소홀히 했다는 죄책감과 함께 하나님의 교회가 풍비박산이 나 없어지게 되었다는 상실이 몰려오면서 눈물이 쏟아졌다. 그렇게 우리는 마지막 예배를 마쳤다. 그런데 집사님과 권사님들 사이에 이대로 헤어지지 말고 여의도 본부에 목사님 청빙 요청을 다시 한 번 해 보자는 의견이 모아졌다. 내가 본부 선교국에 우리 교회의 사정을 알리는 편지를 썼다.

그런데 선교국으로부터 답신은 없었다. 그럼에도 불구하고 우리는 새로운 목사님 청빙을 요청하는 편지와 팩스를 여러 번 보냈다. 역시 답변은 오지 않았다. 그 무렵에 조용기 목사님이 부흥회 강사로 독일 방문을 한다는 소식을 접했다. 마지막 날이 한인 부흥회 시간이 있었다. 우리는 마지막 기회라고 생각하고 직접 가서 조용기 목사님에게 우리 교회의 실정을 알리고 탄원하자는 데에 의견을 모았다. 그리고 여러 명이 함께 독일로 출발했다.

목사님 청빙이 너무나도 절실했기 때문에 무조건 가기는 했지만 사실 조용기 목사님을 쉽게 만날 수 있는 입장은 아니었다. 한인 집회를 하는 마지막 날, 우리 교회 성도 대여섯 명이 '런던순복음교회' 명찰을 크게 붙이고 제일 앞줄에 앉았다. 박수도 크게 치고, 아멘으로 크게 화답하며, 찬송도 크게 불러서 어떻게든 조용기 목사님 눈에 띄려고 노력했다. 교회가 없어지느냐 아니면 목사님

143

을 초빙하느냐의 절박한 문제였다. 그러나 그렇게 열심을 부렸는데도 불구하고 목사님은 우리에게 눈길을 주지 않으셨다.

목사님의 일정을 다시 확인하다가 다음 날 투숙하시는 호텔에서 목회자와 지도자들을 위한 조찬기도회가 있다는 것을 알게 되었다. 우리를 위한 기도회가 아니었지만 그곳에 가야만 우리가 조용기 목사님을 만날 수 있다는 생각이 들었다. 당일 새벽 4시에 일행 전부가 일어나서 준비를 하고 조찬기도회가 열리는 장소로 갔다. 기도회를 진행하는 집사님들이 우리를 보고 어디서 왔느냐며 초청장을 보여 달라고 했다. 당연히 초청장이 없었고, 안으로 들어가지 못하게 하니 밖에 서서 발만 동동 구르고 있었다.

그런데 참 하나님의 도우심이 있었다. 때마침 조용기 목사님이 늦게 도착한 것이다. 우리는 "목사님! 조용기 목사님!"하고 절박하게 목사님을 불렀다. 런던순복음교회 명찰을 크게 붙이고 있는 우리에게 조용기 목사님이 다가와 "어제 부흥회 때 맨앞에서 당신들이 일어나 박수치고 하는 것을 봤다."고 말씀하셨다. 우리는 너무 감격해서 "할렐루야!"를 외치며 목사님께 말씀드릴게 있다고 했다. 목사님은 시간이 많지는 않지만 우선 들어와 보라며 우리를 조찬기도회 장소 안으로 안내했다.

애초에 초청을 받은 것이 아니기 때문에 우리에게는 지정된 좌석이 없었다. 뒤에 서서 식사도 하지 못하고 목사님 말씀을 들으면서 기다렸는데, 드디어 모든 순서가 다 끝나고 나서 조용기 목사님이 우리에게 대표되는 사람이 조리 있게 상황을 설명을 해 달라고 하셨다. 그래서 내가 런던순복음교회의 사정을 말씀드렸더니

영국촌놈이야기

*

144

"아, 내가 그 사건을 안다."고 하셨다. 장영보 목사님이 세운 신학원이 문제가 되었을 때, 런던에 있던 신학생의 부모들이 조용기 목사님께 달려가서 손해배상을 청구했다는 것이다. 목사님은 모두에게 보상을 해주셨다. 조용기 목사님이 그 사건을 그냥 무마하고 넘어가신 것이다.

　　"그래, 교회에 아직 성도들이 남아 있습니까? 런던교회가 아직 살
　　아 있어요?"

내게 물으시며 굉장히 놀라워 하셨다. 그러면서 서울에서 장로님과 함께 왔는데, 말을 해 놓을 테니 그분께 가서 자세한 얘기를 전하고 하셨다.

우리는 목사님이 소개한 장로님을 찾아가 런던교회의 상황을 얘기하고, 우리 교회가 목사님을 필요로 하며 목사님을 보내 주시면 상황이 어렵더라도 최선을 다해 모시고, 교회를 살리겠다고 말했다. 장로님이 선교국과의 연결을 주선해 주었다. 이 일을 계기로 선교국과의 연락이 활발하게 진행되었고 런던순복음교회의 목사 초빙이 이루어졌다.

그렇게 해서 이○○ 목사님이 런던순복음교회의 2대 목사님으로 오시게 되었다. 그런데 불행하게도 새로 오신 목사님은 우리 교회와 맞지 않았다. 학수고대를 하고 모신 목사님인데, 그분이 우리 교회에 오셔서 "집이 작다, 차가 작다, 봉급이 적다."는 불평을 하기 시작했다.

하루는 회계 집사님이 나에게 하소연을 했다. 그분은 요리사였는데 일이 바빠서 목사님 봉급을 조금 늦게 가져다 드렸다고 한다. 그랬더니 목사님이 "나를 어떻게 알고 이러느냐. 목사님 사례를 이렇게 늦게 갖다 줄 수 있느냐."며 화를 내시니 나더러 집사님이 대신 가서 설명을 좀 해달라는 것이었다. 나는 그날 저녁 목양관을 찾았다.

우리 교회에서는 목사님께, 좁기는 했지만 깨끗한 임대 주택을 마련해 드렸고, 조그만 차도 월부로 사서 드렸다. 많지는 않지만 성의껏 사례를 드렸는데, 알고 보니 이 목사님은 우리와는 차원이 달랐던 것이다. 그래서 우리들 사정이 이러이러하니, 성도가 불어나고 상황이 좋아지면 최선을 다해서 모시도록 하겠다고 말씀을 드렸다. 그랬더니 옆에 계시던 사모님이, "집사님 우리가 서울에 있으면 돈방석에 앉아 있는 사람들이예요. 대교구장까지 하시고, 돈방석에 있는 목사인데 이게 뭡니까? 우리를 초빙해 놓고 거지취급을 합니까?"라고 말했다. 그러면서 옆에 있던 목사님을 쳐다보며 "목사님 저 내일 비행기 타고 혼자 한국으로 갈 테니까 알아서 하세요."라고 하는 것이 아닌가. 화해를 하러 간 나는 그 말을 듣고는 충격을 받았다.

그래서 "목사님 부탁드립니다."라고 한마디를 하고 막 나서려는데, 뒤따라 나온 사모님이 문을 '쾅'하고 닫는 것이었다. 정말 깜짝 놀라고 어처구니가 없고 마음이 무너져 내렸다.

집으로 돌아온 나는 목사님 앞에서 "나 먼저 서울 갈테니 알아서 해요"라고 말하던 사모님의 목소리와, 내 뒤에서 쾅하고 닫히던 문소리가 생생해 심란한 마음에 잠을 이룰 수가 없었다. 교회를 떠나야겠다는 생각이 나를 사로잡았다. 세상은 보기 싫은 사람과도 더불어 사는 곳이고 직장도 힘든 사람과 함께 일하는 곳이며, 가정도 연약한 지체를 끝까지 보듬고 포옹해야 하는데 그렇지 못한 현실이 야속했다. 특히 교회는 그것이 잘되지 않는 곳이다. 그리스도인인 소위 목회자라는 분이 높은 연봉과 좋은 차, 큰 저택으로 대접받아야 그분의 됨됨이가 증명되는 것은 아니잖은가! 내가 이렇게 큰 목사였으니 이 정도는 알아서 챙겨줘야지 않느냐는 목회자를 내가 어떻게 신뢰할 수 있을까. 목사님이 오신다고 해서 작지만 새 차를 월부로 구입했고, 새로 지은 집도 임대해 놓았으며, 사례비도 충분하지는 않지만 생활하시는 데 부족하지 않을 만큼 정해 놓고 설레는 마음으로 기다렸던 우리들이었다. 그런 부푼 마음이 그만 사모님의 한마디에 얼어붙어 버린 것이다.

목회자는 어려운 위치의 사람이다. 성도들은, 미운 사람 한 번 찾아가서 손 한번 잡아주고, 문제가 되는 성도는 눈물로 기도해 주고 뜨겁게 사랑하는 마음을 표현하는, 예수님 닮은 목회자를 갈망한다. 설교를 통한 '낮아지라'는 말씀을 백 번 선포하는 것보다 목사님 자신이 낮아지면 하나님의 은혜가 잔잔하게 성도들에게 침투되어 교회에 은혜와 감격이 있게 된다.

나는 밤을 꼬박 새우고 목사님을 생각하다가 내가 교회를 조용히 떠나는 것이 옳다고 생각했다. 그래서 아내에게도 이야기하지 않고 교회를 떠났다. 새로 부임하시는 목사님이 순조롭게 정착하시길 기도하면 조용히 정든 교회에 등을 돌렸다.

그날 이후 나는 런던순복음교회를 떠나서 방황하기 시작했다. 외국인 교회를 한 달 다녔고, 이웃한 다른 한인 교회에 나가 설교 말씀을 들었다. 런던소망교회라는 새로운 교회가 생겼는데 우리 집에서 가까웠다. 나는 그 교회에 등록했고, 런던순복음교회는 까마득하게 잊고 지냈다. 아내는 그 교회에서 여선교회 회장을 맡았고, 나는 나대로 성가대에서 봉사하며 열심히 교회에 출석했다.

그러다가 반년 정도의 시간이 지났을 무렵 예전에 런던순복음교회에 있던 회계 집사님하고 몇 명이 나를 찾아왔다. 교회에 새 목사님이 오셨으니 이제는 내가 돌아와야 한다고 부탁을 했다. 나는 그 동안 이○○ 목사님이 떠나신 것도 모르고 지냈다. 그 일을 겪은 후에 '목사님하고 대적하기 보다는 내가 교회를 떠나야 되겠다.' 고 생각하고 떠난 데다가 상처가 남아 아예 생각조차 하기 싫었기 때문이다. 그런데 그 사이 목사님을 새로 청빙해 오신 것이다.

정재우 목사님이었다. 며칠 후 그분이 직접 나를 찾아오셨다.

"집사님 이제 돌아오십시오. 집사님이 여의도순복음교회 출신이시고, 런던 교회를 직접 세우시고 이끄시던 분인데, 왜 교회를 떠났는지 잘 알고 있습니다. 이제 교회를 일으키려고 하니까 좀 도와주십시오."

당시 런던순복음교회에 아주 열심인 집사님들 두 분이 계셨다. 지금은 모두 장로님이 되었는데, 당시 두 분은 은행 지점장으로 재직 중이었다. 주재원으로 런던에 와서 3~4년을 열심히 섬겼지만 근무 기한이 끝나면 한국으로 돌아가야만 하는 상황이다 보니, 만나면 곧 떠나고 새 사람이 오고 교회에 붙박이 교인이 많지 않았다. 나는 교민이 됐기 때문에 영국에서 살아야 하는 사람이었다. 또 내가 과거에 주재원이었기 때문에 나룻배 손님처럼 왔다갔다 하지 않을 나에게 같이 교회를 끌어가자고 열심히 설득을 했다. 나는 대답 대신 먼저 교회를 한 번 나가보겠다고 했다.

여기서 나는 두 집사님의 가정 이야기를 하지 않을 수 없다. 이상혁 장로님(당시 집사)은 부인 이광숙 권사님(당시 집사)과의 사이에 딸이 둘 있는데, 한 아이가 정신지체 장애아로 지능이 낮아 예배를 드릴 때 소리를 지르거나 집중력이 떨어져 부모가 곁에서 돌보지 않으면 안 되었다. 나는 그것이 안타까웠다. 그리고 그것을 신앙으로 극복하는 두 부부가 존경스러웠다. 동화은행 런던지점장으로 신앙이 참으로 아름답게 들어간 귀한 분이었다. 그는 지점에서 좋은 자동차를 한 대 샀는데, 교회에 오시는 나이 드신 권사님이나 집사님들을 매일 그 자동차로 실어 나르고 집에 모셔다 드리는 봉사를 했다. 그가 4년 후 귀국할 때 내게 전한 말이 있는데 그 내용이 나를 감동시켰다. 6만 5천에 달하는 자동차 마일리지 중 80퍼센트가 교회 봉사를 위해 사용한 것이었기 때문이다.

나는 늘 그 가정이 고마웠다. 그러던 중 그의 장녀 혜영이가 연세대 의과대학에 입학한다는 소식을 마침 서울에 출장와 있을 때 듣고는 새벽에 신촌까지 택시를 타고 가서 교문을 붙잡고 "하나님, 스테반같은 이상혁 집사의 딸 혜영이가 꼭 입학 허가를 받도록

149

해 주십시오." 라고 기도했다. 다행히 혜영이는 합격했고 지금 세브란스 병원에서 의사생활을 하고 있다.

다른 한 분, 전정렬 집사 이야기다. 그는 산업은행 런던지점의 부지점장이었고 그의 아내 임명희 권사님은 믿음이 바위 같은 분이다. 조용기 목사님이 런던에 오실 때에는 자신의 집으로 목사님을 초대하여 전교인을 접대하고 여선교회장으로 교회를 튼튼하게 잡아주신 귀한 신앙의 동료다. 이들 부부의 딸이 서울에 입학 허가를 받기 위해 원서를 내고 저녁 때 철야기도를 할 때의 일이다. 권사님의 가슴이 뜨거워지면서 알 수 없는 평화가 마음속 깊은 곳에서 밀려오더란다. 딸은 기도한 대로 입학 허가를 받았다.

임명희 권사의 어머니는 예언의 은사가 있었는데 영국에 방문하셨을 때, 내가 회사 창고의 구입 문제를 두고 고민하고 있는 이야기를 털어놓자 내게 "쇠붙이가 들락날락하는 환상이 보이네요, 꼭 구입하세요." 라고 권면했다. 우리 회사는 그때 창고를 구입했고, 이후 놀라운 발전을 경험했다. 그들 권사 모녀를 보면서 나는 믿음의 가정이 얼마나 아름답고 귀한 하나님의 사람들인지를 경험했다.

나는 이상혁 장로, 전정렬 장로, 정재우 목사 이 세 사람을 내 신앙의 멘토요 신앙의 반려자로 생각한다. 이분들이 있었기에 지금의 런던순복음교회가 있다고 생각한다.

세인트 조지 교회(Saint George Church)라는 영국 성공회 교회 뒤에 조그만 별관이 있었다. 영국 교회는 술도 마시기 때문에 와인

시음과 사교장으로 사용하는 조그만 건물이었는데, 당시 런던순복음교회는 그 장소를 빌려서 예배를 드렸다. 일요일마다 아침 일찍 가서 런던순복음교회 간판을 걸고, 환기를 시켜서 와인냄새를 내보내고 담배꽁초를 치우고 바닥을 물걸레로 청소한 후, 접이식 의자를 펴놓고 예배를 드리는 상태였다.

그곳에 가서 설교를 듣고 나는 다시 런던순복음교회로 돌아갈 결심을 하게 되었다.

'아, 내가 이 작은 교회에 와야 되겠다. 그래도 여의도순복음교회에서 조용기 목사님을 통해 신앙을 깨우쳤고, 그 후에 런던에 와서 교회가 무너지기 전까지 신앙생활을 했는데, 내가 잠시 떠나 있기는 했지만 이 교회에 하나님은 여전히 동일하시게 나를 인도하시고 계시구나. 다시 런던순복음교회로 돌아와야겠다.'

아내에게도 내가 권유해 함께 교회로 온가족이 복귀했다. 그렇게 해서 우리 교회의 실질적인 부흥이 그때부터 시작되었다.

정재우 목사님은 학자 출신으로 순복음신학대학에서 강의를 하다가 영국에서 처음으로 목회를 시작한 분이었다. 굉장히 열정적이었고 성경지식도 해박했다. 봉급을 안 받아도 좋다고 하실 정도로 순수하셨다. 우리가 봉급을 밀리고, 못 드린 때가 많았는데도 불구하고 현지 선교를 해야 한다며 그 작은 조직 안에서 현지 선교를 펼치셨다.

런던 워터루 역 지하도에는 거지가 많다. 교회가 큰 몸살을 겪으면서 내부적으로 결속도 힘든 시기였는데 정재우 목사님은 우리에게 현지인 선교를 제안했다. 우리는 토요일마다 워터루 역에 가서 커피를 타서 나누어 주고 전도 활동을 했다. 교회에 활동을 할 사람이 적어 몇몇 사람이 도맡아서 목사님을 모시고 가 섬겼다. 그래도 노숙자들에게 복음을 전하려고 많은 노력을 기울였다. 목사님은, 서울에서 뜻을 둔 한국 유학생들을 초대해 아웃리치도 하게 하셨다. 이 사역이 교회에 활력을 불어 넣어주었다.

이렇게 현지 선교를 향한 작은 열정을 교회 밖에서 주말에 벌이는 한편, 한국인 불신자들을 위한 전도 목적으로 <길찾사>(길을 찾는 사람들)공연을 기획하여 매년 가을에 한 번씩 열었다. 이 공연에는 비신자들만 초청이 되었고 성도들 자신이 꼭 전도하고 싶은 분을 정하여 오래 기도한 후 5파운드짜리 티켓을 사서 직접 모시고 왔다. 런던이라는 특수성에 왕립 무용학교나 발레단 소속 음악 전공 청년들이 많이 있는데 이들이 주축이 되어 <지저스 슈퍼 스타(Jesus Super Star)>를 공연 하는가 하면 콘서트와 합창, 연극, 성극 등을 공연하여 많은 갈채를 받았다. 또 청년들이 모두 웨이트리스 복을 입고 정성스럽게 만든 쓰리코스 밀을 접대하여 손님들이 감격하기도 하였다.

지금도 기억에 남는 길찾사 공연중 하나는 당시 런던에서 명성황후 공연을 할 때인데 거기서 주인공 명성황후 역을 맡았던 이태원씨가 국립발레단 소속 발레리나 여러 명과 함께와서 특별 출연을 한 쿰비 힐(Coombe Hil)여자 고등학교 에서의 공연인데 그때 관객이 몰려와서 밖에까지 의자를 빼놓았었고 런던 교민 역사상 최초로 1000여 명 동원을 기록하는 모임이 되었다. 그녀가 부른 <주님의 살과 피>의 스프라노가 강당에 울려 퍼질 때 모든 관객이 황홀한 감격에 젖었었다. 이 <길찾사> 공연은 우리 런던 순복음교회의 트레이드마크가 되었으며 타교회의 전도사들이 몰래 와서 벤치마킹을 하고 돌아가 본교회에서 흉내를 내기까지 한다고 한다. 우리교회의 명물이 되어 지금까지 전통을 잇고 있으며 해마다 올해는 어떤 테마의 길찾사 프로그램이 나올지 기다려지곤 한다.

그때가 초창기였다. 그 즘에 조용기 목사님이 스코틀랜드로 부흥회를 왔을 때다. 우리는 '조용기 목사님 초청 런던 성회'를 개최했다. 그 부흥회를 통해 런던순복음교회의 이름이 알려지게 됐고, 말썽난 교회로 소문나 있던 이미지를 벗고 성도들이 점점 늘어나기 시작했다. 부흥의 불씨가 붙은 것이다. 나는 '조런성'(조용기 목사 초청 런던 성회)의 조직 위원장으로 성회 몇 달 전부터 준비를 했다. 그러한 '조런성회'가 몇 차례 런던에서 있었다.

우리는 그렇게 정재우 목사님과 많은 시간을 함께 보냈다. 참 많은 사건들이 있었지만 교회 안에서 성도들 간의 갈등 문제를 해결하기도 하고 대외 문제들을 내가 담당하면서 목사님과 정이 많이 들었다. 초창기에 목사님 사례비를 서너 달 동안 드리지 못하기도 했고, 사택을 관리 못해 여러 차례 옮겨야 하는 어려운 상황에서도 목사님은 늘 웃으시며 오히려 우리를 안심시키셨다.

그런데 하루는 목사님이 우리 집을 찾아오셨다. "목사님, 웬일이세요?" 라고 묻자, "올 것이 왔습니다." 고 말씀하시는 것이었다. 가슴이 내려앉아서 무슨 일이냐고 물었더니 소파에 앉으시면서 서울로 발령을 받았다고 말씀을 하시는 것이었다. 하늘이 무너지는 것 같았다. 교회가 부흥을 하고 있던 때에 그런 소식을 들으니 낙담도 컸다. 나는 무조건 안 된다고 반대를 했다. 어떻게 목회자가 양떼를 떼놓고 갈 수가 있느냐면서 대들기도 하고, 여의도순복음교회에 장문의 팩스를 보내고, 정말 어린 애같이 매달렸다. 정재우 목사님이 떠나면 교회가 무너질 것만 같았다. 목사님과 여의도순복음교회의 선교국에서는 계속해서 나를 설득했다. 그러나 선교국에서는 런던순복음교회가 예전과 같은 상황이 아니고 부흥이 많이 되었으니 대신 다른 좋은 목사님을 보내주겠다고 했다.

결국 조용기 목사님이 정재우 목사님을 특별히 사랑하셔서 부르셨기 때문에 그것을 환원할 수는 없으니 목사님의 결정을 받아들이라는 말에 설득을 당했다. 국장급 목사님을 보내주겠다는 확답을 받고 우리는 정재우 목사님을 한국으로 보내드렸다. 히드로 공항에서 집사님들과 권사님들의 눈물어린 환송을 받으면서 목사님은 그렇게 가셨다.

다음으로 오신 분이 김용복 목사님으로 그분이 지금까지 런던순복음교회의 담임 목사님으로 계신다. 김용복 목사님은 당시 청년 목회를 하고 계셨는데 영국에 대해서는 전혀 생각을 하고 있지 않으셨다고 한다. 원래는 다른 분이 발령을 받았는데, 마지막 순간에 영국으로 못 가겠다고 하는 바람에 김용복 목사님이 선교국에 불림을 당해 런던순복음교회의 담임 목사로 갈 생각 없느냐는 제안을 받은 것이다. 김용복 목사님도 처음 듣는 얘기라 당황을 해서 기도를 해 보고 결정하겠다고 했다. 서울에 온 정재우 목사님을 만나서 실정을 들어 보기도 하고 그러는 중에 영국행을 결심하셨다.

정재우 목사님이 계실 때까지 우리는 세인트조지에넥스 빌딩(Saint George Annex Building)에서 예배를 드렸다. 그런데 예배 환경이 너무 나빠서 전도를 통해 예배를 드리러 온 사람 중에 건물을 보고 그냥 돌아가는 사람들이 많았다. 건물이 교회 같지 않은 분위기였고 열악한 환경이다 보니 한 번 와 보고는 다시 나오지 않는 경우도 많았다. 이런 상황에서 성전을 좋은 데로 옮기자는 기도 제목이 나왔다.

목사님과 모든 성도들이 성전 이전을 위해서 기도를 시작했다. 이전할 건물로 나는 킹스턴(Kingston) 시내에 있던 영국 교회를 생각하고 있었고, 정재우 목사님은 사우스 윔블던을 생각을 하고 있었다. 김용복 목사님이 오시기 전이었는데, 나는 정재우 목사님과 둘이서 누구의 기도가 더 센지 두고 보자는 농담을 하면서 성전 이전을 추진하고 있던 시점이었다.

내가 염두에 두고 있던 교회가 조금 더 확실한 답을 줘서 계약 단계까지 갈 즈음이었다. 교회에 대해 참고할 보증이 필요하다는 연락이 왔다. 그래서 장로교 목사님 이름의 자료를 넘겼다. 그런데 그후 갑자기 교회 임대에 제동을 걸어왔다. 그러면서 건물 임대 계약을 보류한다는 통보를 해 온 것이다.

당시 순복음교회(Pentecostal Church)는 미국에서부터 해외까지 엄청난 속도로 부흥되고 있었다. 그런데 영국 교회에서는 순복음교회(pentecostal church)가 이단이라는 부정적인 선입견을 가지고 색안경을 끼고 봤다. 영국 성공회는 침체되고 있는 반면, 순복음교회는 부흥을 하고 있으니 이에 대한 견제도 있었던 것 같다. 그래서 우리는 순복음교회라는 것을 밝히지 않고 '한인 교회'라고 표현을 했는데, 내가 참고 조회를 위해 제출한 장로교 목사님을 통해 우리가 순복음이라는 것을 알고 임대 계약을 중지했던 것 같다.

그렇게 임대 계약이 중단되자, 정재우 목사님이 본인이 기도하셨던 교회에 편지를 좀 써 달라고 내게 부탁을 하셨다. 형식적인 편지가 아니라, 목사님이 기도하셨던 기도 제목들을 쓴 것이다. 편지를 보내고 얼마 후에 홀리크로스교회로부터 긍정적인 반응이 전해져 왔다. 그리고 얼마 후 계약이 이루어졌다. 나중에 나는 "역시 목사님 기도가 저보다 셉니다!"고 인정을 했다.

이전한 교회에서 첫 번째 예배를 드릴 즈음에 정재우 목사님의 전근이 이루어졌다. 건물로 말하면 정재우 목사님이 기초공사를 다 하고 가신 셈이다.

교회의 위치는 상당히 중요하다. 길거리 상점도 목이 좋아야 손님이 많듯이 교회도 교통이 좋아야 한다. 특히 런던은 학생들이 많다. 학생들이 학교를 주로 런던 시내에서 다니는데 윔블던은 3존(Zone3)이다. 영국은 거리가 멀수록 교통요금이 조금씩 비싸진다. 대개 4존 뉴몰든 한인 타운에 교회가 많은데 학생들이 시내에서 4존까지 가려고 하면 돈이 많이 들어서 한인 교회에 대한 접근성이 제한적이었다. 그런데 우리 교회가 윔블던 3존에 위치하게 되고, 역에서 내려서 조금만 걸으면 되는 편리한 위치라는 것이 학생들 사이에서 회자가 되어 런던순복음교회에 시내에서 오는 청년들이 많아졌다.

정재우 목사님은 한국으로 돌아가셨지만, 이전한 교회의 위치가 좋았고, 새로 오신 김용복 목사님이 서울에서 청년 목회를 하시던 분이셨기 때문에 젊은이들과 코드가 잘 맞아 청년들이 김용복 목사님을 좋아했다. 그렇게 런던순복음교회는 사실적인 부흥의 시기에 진입해 들어갔다.

김용복 목사님이 부임했을 때는 교회의 재적이 100명을 넘어섰고, 꾸준한 출석 성도는 70~80명 정도가 되었다. 그 과정에서 다른 교회는 쉽게 하지 못했던 담임목사 사택도 매입하고 런던 시내에 선교사무실을 마련하는 등, 당시의 런던 한인교계 수준으로는 안정적인 이민 목회가 가능한 단계에 이른 것이다. 교회 조직이 와해되었던 그 이전을 생각하면 감사할 만한 발전이었다. 이런 상황에서 김용복 목사님은 '출석성도 100명을 넘자.'는 목표로 기도를 시작했다. 드디어 그 기도가 응답이 되었을 때, 목사님이 "지난 주 출석성도가 100명을 넘었습니다."라고 말씀하시던 날을 나는 아직도 잊지 못한다.

100명이 넘은 것이 10년 후에 1천 명이 넘고 지금은 1천 5백명 정도로 교회로 성장했다. 여러 분의 집사님들이 거쳐 가면서 뿌린 씨앗, 헤어지고 풍비박산 나서 몇 사람이 모여서 "한 번 더 노력을 해보자." 했던 초기 런던순복음교회 성도들의 마지막 노력, 조용기 목사님이 독일에 오셨을 때 성회에 가서 어떻게든지 조용기 목사님께 어필하려고 했던 노력들이 씨앗이 되어 열매를 맺는 것이다.

하나님께서는 런던순복음교회를 일으키시기 위해 좌절과 혼란을 겪게 하셨다. 그리고 새 목회자가 부임했을 때에 또 다시 실망을 맛보게 하시고 그 과정을 통해 우리가 정금처럼 단련되게 하셨다. 그후 정재우 목사라는 토목기사를 보내주셔서 교회가 튼튼히 세워지게 하셨고, 토목공사가 끝나자 김용복 목사라는 건축기사를 보내주셔서 그 기반 위에 거푸집을 올리고 기둥을 세우는 건축공사를 완공시키셨다.

두 분 중에 어떤 한 분도 우리 교회에 없어서는 안 될 귀한 분들임을 우리 성도들은 잘 알고 있다.

성전 건축의 밑알이 된 이승복 전도사

. . .

이승복 전도사님은 선교의 꿈을 안고 런던 순복음교회를 찾아 이역 만리에서 오신 분이었다. 하나님께서는 이승복 전도사님의 이야기를 통하여 놀라운 일을 예비해 주셨다. 런던순복음교회 역사 중 이분의 이야기를 빼놓을 수가 없어서 나는 별도로 이승복 전도사님의 타이틀을 부쳐 증거하려 한다.

1997년 3월 28일 부활절 성금요일에 우리는 부활절성회를 갖기 위해 전교인이 들뜬 마음으로 출발했다. 날씨는 청명했고, 꽃이 찬란하게 피어 우리의 출발을 축복해주는 것 같았다.

이승복 전도사는 그날, 청년들과 함께 미니버스에 탑승을 했다. 이 미니버스는 교회에서 할부로 구입한 9인승 승합차로 성도들의 교회 출석과 청년들 새벽 기도 교회 행사용으로 없어서는 안 될 요긴한 차였다.

운전은, 서울에서 갓 도착한 김기수 전도사님이 했는데 정원 9명이 다 탄 후에 청년 한 명이 더 와서 10명이 탑승을 하게 되었다. 한 명을 놓고 갈 수 없으니 이승복 전도사님 자리를 그 청년에게 양보하고 본인은 드럼용 의자를 뒷좌석 사이에 놓고 앉았다. 이승복 전도사가 자리를 양보한 이것이 문제가 된 건 불과 30여 분 후에 일어났다.

미니버스는 초과 인원 10명에 악기 등 많은 짐을 싣고, 준고속 도로를 달리고 있었다. A-3라는 명칭의 이 도로는 런던에서 사우스하우톤 항구까지 길게 뻗은 동서횡단 도로로 고속도로나 마찬가지로 넓고 긴 도로다.

문제는 김기수 전도사님이 서울에서 왼쪽 핸들 운전을 하다가 영국의 오른쪽 핸들 드라이브를 해본 경험이 많지 않아서 유사시에 오른쪽과 왼쪽을 착각하여 운전하는 실수를 하게 되었다. 거기다가 많은 사람과 무거운 짐을 실은 미니버스의 하중에 사고가 날 가능성이 매우 많았다. 사고 지점은 경사가 급히 꺾이는 사고 다발 지역이었고, 당시 속도는 80마일 과속이었다. 햇빛때문에 안 쓰던 선그라스를 쓴 김기수 전도사님의 시야 확보가 문제 될 수 있었다. 미니버스는 A-3에서 세 바퀴를 돌고, 타고 있던 청년 4명과 이승복 전도사님이 차 밖으로 튕겨 나갔다.

나는 가족과 함께 늦게 출발을 했는데, 사고 후에 전화를 받고 허겁지겁 현장에 도착했더니 벌써 앰블런스가 부상자들을 싣고 병원으로 옮긴 직후였다. 병원 응급실에 도착해 교회 청년들을 만났는데, 5명은 온전했고 서너 명이 찰과상으로 치료를 받고 있었다. 그런데 이승복 전도사님이 하반신이 마비되어 의식을 잃은 상태라고 했다. 목사님과 통화 후 사고 수습을 내가 맡을 테니 목사님은 예정대로 부활절 성회를 계속 하시도록 했다.

경찰 조사와 병원 수속 등 정신 없이 분주했지만, 이승복 전도사님 이외에는 부상이 크지 않아 모두 성회 장소에 보내고 나는 병원에 남아 이 전도사님의 치료와 간호에만 전념했다. 의사 선생님은 이승복 전도사님의 척추가 마비 되어 좀더 큰 병원으로 후송해야 한다고 했다. 후송되는 앰블러스 안에서 의식을 찾지 못하고 누워 있는 이승복 전도사님을 보는데 눈물이 흘러내렸다.

"하나님, 이분을 살려주십시오. 기적을 보여 주십시오. 예수를 증거하기 위해 이역만리 영국으로 보내셨지 않습니까! 이 전도사님이 무슨 죄가 있습니까! 이 전도사님을 일으켜 주십시오."

나는 하나님께 따지듯이 부르짖으며 기도했다. 후송되어 온 세인트 멘더빌 병원은 영국에서 척추전문 병원으로 제일 유명한 병원이었다. 이승복 전도사가 일어날 수 있느냐, 없느냐의 문제는 전 성도들의 기도제목이었고, 매일 교대로 성도들이 3시간 이상 걸리는 거리를 운전하여 와서 병간호를 하며 안타까워 했다.

이승복 전도사의 부모님이 한국에서 급히 도착했고, 특히 모친이신 강 권사님은 병상 옆에서 기도하며 하나님께 매달렸다. 나는 회사에서 간단히 아침미팅을 하고 그 길로 두세 시간을 운전하여 병원으로 출근해서 저녁에 다시 회사에 와서 일 정리를 하고 퇴근

하는 일을 계속했다. 매일 병원에 가는 차 안에서 나는 통성으로 기도하며 하나님을 찾았다.

의학적으로 이승복 전도사가 다시 일어설 수 없다는 진단이 내려지던 날, 우리는 모두 울면서 기도했다. 그러나 현실은 냉정했고, 이승복 전도사가 재활 코스를 밟아 휠체어에서라도 생활할 수 있도록 해야 한다고 매일 재활치료를 받게 했다. 담당 간호사가 수영과 걷기, 용변보기 등 재활에 필요한 모든 것을 훈련시켰다.

나는 사고에 보험이 되는지 검토했다. 불행히도 우리 미니버스는 해당되지 않았다. 거기다가 인원 초과라는 과오와 서비스 증명서도 없었다. 이 전도사의 치료비도 문제가 될 상황이었다. 나는 우리 회사 담당 변호사에게 교통사고 전문변호사를 소개받아 상담했다. 보험 기일이 넘어서 보험 적용이 힘든 경우에 어떻게 하느냐고 물었더니 담당 변호사가 이런 경우를 위해 보험회사들이 공동으로 무보험차량 보험을 가입한 곳이 있는데 그 조건이 부합되는지 연구해 보겠다고 했다.

며칠 후 다시 찾은 나에게 변호사는 기쁜 소식을 전해 주었다. 우리 사고가 무보험차 사고 보험의 혜택을 볼 수 있게 되었다고 전해 준 것이다. 나는 속으로 주님이 하시는 일은 신실하시다고 기도하며 찬양했다.

한편 나는 변호사와 협의하여 이승복 전도사가 계속 영국에 머룰 수 있는 영주권 신청에 대해 문의했다. 한국으로 돌아갈 경우 지체부자유자에게 맞지 않는 환경때문에 이 전도사님의 앞날이 불행해질 우려가 있으므로 장애인 시설과 환경이 좋은 영국에 남아 있을 수 있는지 인권변호사를 고용하여 의뢰했다. 이 방면에 가장 유능한 변호사를 소개받아 면담을 하고 모든 자료를 제출했다.

영국에 살게 될 경우 주택이 필요하니 저렴한 주택을 알아보기도 하고 복덕방과 아는 사람들을 통해 의뢰했다. 그 무렵, 당시 주식회사 선경에서 사원들용으로 구입한 주택이, 본국에서 해외부동산투자라 외환규정에 어긋난다는 판결이 나서 급히 매각한다는 정보를 입수했다. 나는 평소 친했던 선경의 관리 부장을 만나 이 전도사의 어려운 상황을 설명했다. 그는 시가보다 훨씬 싼 가격으로 런던 근교에 있는 단독주택을 기꺼이 우리에게 판매하기로 결정했다.

하나님께서는 이승복 전도사가 일어나는 기적은 베풀어주시지는 않으셨다. 그러나 이승복 전도사가 영주권을 얻어 영국에서 목회를 계속할 수 있도록 허락하셔서 지금 이승복 전도사는 목사 안수를 받고 휠체어 목회를 하고 있다. 보험금을 최고 한도로 수령했고, 남은 일생을 그 보험금으로 살아갈 수 있는 대책도 마련해 주셨다.

여기서 놀라운 사실은, 이승복 전도사가 10만 파운드의 십일조를 런던순복음교회에 헌금한 것이다. 이것이 바로 성전 구입의 밑알(Seed Money)이 되어 오늘 날 우리가 자체 성전을 가질 수 있는 바탕이 되었다.

하나님은 이 일을 통해 교회가 설 수 있게 하시고, 이승복 전도사의 희생을 통해 선교의 기회가 더 넓혀지는 역사를 주관하셨다. 이 일에 부족한 나를 사용하신 좋으신 하나님께 찬송과 영광을 드린다.

　내가 이승복 전도사를 만나러 매일 병원으로 가는 것을 보고 아
내는 누가　회사 일을 하느냐고 묻곤 했었다. 그러나 놀라운 일은,
그해의 우리 회사 매출이 전년도 대비 150퍼센트의 성장을 기록
했다는 것이다. 나는 하나님 일을 하고, 하나님은 우리 회사 일을
대신해 주셨던 것이다.

성전 건축

. . .

요즘이야 시절이 달라 예전 같은 단칸 셋방살이라는 말도 구경하기 듣기 어려워졌지만, 모두들 먹고 살기 어려웠던 시절에는 '집없는 설움' 이야말로 힘겨운 인생살이의 대표적인 한 단면이 아니었나 싶다. 조금 냄새를 피우는 음식 만드는 것에도, 수돗물 한방울 쓰는 것에도, 연탄불 한 장에도 주인집 눈치를 보아야 하는 그 설움을 어찌 말로 표현할 수 있을까? 교회 또한 '집 없는 설움' 에 관해서는 마찬가지이다.

우리 런던 순복음 교회는 1980년 3월 첫 주 창립예배를 한 이래, 20년이 넘도록 '집 없는 설움' 을 겪어야 했다. 교회 이전, 내가 기억하고 있는 것만도 줄잡아 여섯 번은 되니, 그 이전의 것까지 합친다면 헤아리기 힘들 정도일 것이다. 영국에 있는 한국 교회들은 대개 오후 두 시에 예배를 드린다. 영국 교회가 오전에 예배를 마치고 난 후에 사용해야 하는 관계로 대부분 늦은 예배를 드리게 되는 것이다. 그러니 오후 예배 시간과 성도들과의 교제 시간 한 시간을 포함해 총 세 시간여를 빌리는 셈인데 남의 교회를 빌려 특정한 시간에만 예배를 본다는 것이 여간 힘든 일이 아니다. 아니 그보다도 임대 자체도 힘들다. 우리나라 같이 교회 임대도 하나의 임대사업이니 돈만 꼬박꼬박 낼 수 있다면야 대환영일 텐데, 이곳은 돈을 내겠다고 해도 어서 오시오, 하지 않는 이상한 나라다.

뉴몰든(New Malden)에서의 일이다. 평소 나와 안면이 있는 영국 할머니(그 교회 찬양대원 이었다)를 통해 뉴몰든 하이스트리트에 있는 영국 침례(Baptist) 교회를 빌리기로 하고 그 쪽 목사님과 합의를 하였다. 그 후 계약서에 사인만 하면 되게 돼 있었는데 갑자기 영국 교회 측에서 담당 목사가 바뀌었으니 교회 임대 건은 죄송하지만 할 수 없게 되었다는 것이다. 나중에 알고 보니 진짜 이유는 교파가 다른 순복음 교회라 탐탁지 않아서였다. 얼마 후 그곳에는 그 교회와 같은 교파인 한국 감리교가 세를 들었으니까…. 또 몰든에 있는 영국침례교회(Baptist Church) 역시 처음엔 순조로운 듯 보이다가 마지막에 퇴짜를 맞았고 몇 달 후에 같은 교파의 다른 한국 교회가 세를 들었다. 또 한번은 킹스턴에 있는 영국 성공회, 이 교회 역시 잘 진행되어 주차장 사용 방법까지 협의를 마친 상태였다. 그런데 어느 날 갑자기 그 쪽 교회에서 연락이 왔다. 교회의 내부를 수리 할 예정이니 빌려 줄 수 없다는 것이 아닌가. 나중에 아는 사람을 통해 들어 보니, 그 쪽 교회 측에서 순복음 교회라는 것을 알고 임대를 취소했다고 한다.

이유야 여러 가지가 있겠지만, 성령운동의 오순절 계통의 순복음 교회(Pentecostal)다 보니 은연 중에 시끄러운 교회라는 부정적인 이미지가 거절의 가장 큰 요인으로 작용하지 않았나 싶다. 1980년대에서 90년대의 순복음 교회 이미지는 거의 이단 수준이었고 그 설움을 톡톡히 경험해야 했다. 게다가 수장이 여왕이고 영국에서 제일 부자 단체로 국가로부터 끊임없는 재정적 지원을 받는 영국 교회는 세수입이 절실하지 않았고, 점차 노령화되는 데다가 지속적으로 신도가 감소하는데 영국 국교에 반해 복음주의 교회는 꾸준히 부흥해 가고 있는 모습이 그닥 고운 시선으로 보이지 않았을 것이다. 이러니저러니 교파를 이유로 '집없는 설움'을 실컷 맛보고 간신히 교회를 얻어 예배를 볼라치면 이곳저곳에서 소소하게 눈치를 보아야 할 일이 한두 가지가 아니다. 예를 들어 새벽기도를 한 번하려고 해도 아침시간이라 교회에서 허가가 나지 않고, 부흥회를 가지려고 해도 본교회 사정으로 불가능하고, 그래서 여 선교회 남 선교회에서 별도 회의를 하려면 누군가의 가정집으로 쳐들어가야 하는 실정인 것이다.

한 번은 이런 일도 있었다. 당시 목양관에서 새벽 기도를 하고 있었는데 킹스턴 시청에서 사람이 나왔다. 이웃집에서 신고가 들어가는 바람에 결국 예배를 중단하고 말았다. 그래도 새벽 기도에 목말라 있던 우리는 성도님이 경영하는 식당을 빌려 새벽기도를 했지만 규정에 엄격한 영국이다 보니 이 역시 언제든 걸리면 쫓겨날 준비를 하고 있어야 했다. 그나마 성도수가 30명 내외의 작은 규모일 때는 이사 다니는 것도 별 문제가 되지 않았는데, 인원이

70명, 100명, 수백 명… 이렇게 증원된 후에는 이사를 다니기도
마땅치 않을뿐더러 여간 해서는 장소를 빌려주려는 곳도 없었다.
어느 해인가, 더운 여름날 에어컨 시설이 없는 예배당이라 더위를
감당 못한 우리는 할수 없이 창문을 열고 예배를 드렸는데 그 이튿
날 본교회 목사님의 전화가 왔다. 교회 뒷집에 있는 사람이 교회에
컴플레인을 하고 카운슬에 신고를 해서 다음 주에 교회, 주민, 카
운슬 직원이 회의를 해야 한다는 것이다. 나는 그 회의에 가서 다
시는 소음을 내지 않겠다는 각서에 사인하기도 했다. 더구나 '우
리 집'이 아니니 돈은 돈대로 많이 들어갔다. 그러면서도 언제 쫓
겨날 지 알 수없으니 마음 한쪽은 늘 불안할 수밖에 없었다. 이럭
저럭 스무 해 전전긍긍의 세월이 흐르다 보니 어느새 교인들 마음
에는 늘 '우리 성전을 주십시오' 하는 간절한 기도가 끊이지 않
았다.

5월이 지나기 전에는 코트를 옷장에 넣지 말라는 영국 속담이
있다. 날씨가 따뜻한 듯청명하다가도 하루 사이에 봄, 여름, 가을,
겨울의 사계절을 다 감상할 수 있는 곳이 영국이다. 변덕스러운 영
국 날씨를 빗댄 말이다. 아직 쌀쌀한 기운이 완전히 가시지 않은
4월의 어느 날, 목사님으로부터 전화가 한통 왔다. "장로님! 레
인즈 파크(Raynes Park) 쪽에 건물이 하나 나왔다는데, 교회로
쓰기에 적당할 것 같다고 합니다. 한 번가보시지요." 교회의 성
도 한 분이 우연히 레인즈 파크(Raynes Park) 쪽에 있는 건물 하
나가 공매로 나와 있다는 소식을 전했단다. "그럼 한 번 가보지

요." 하고 대답을 하기는 했는데, 이미 이전에도 몇 차례 교회 건물을 물색했다가 성사되지 못했던 일이 있었던 지라, 별다른 기대감 없이 건성으로 듣기도 했고 때마침 회사일이 바빠 시간을 내지 못했다. 며칠 후 주일날 다시 목사님으로부터 어땠는지 궁금해하시는 전화를 받고서야 부랴부랴 길을 나섰다. 건물을 찾아가 보니, 교통이 아주 절묘한 곳이다. 우선 레인즈 파크(Raynes Park)는 런던에 속해 있어서 청년들이 많은 우리 교회로서는 교통이 편할 것 같았다. 또 한인 밀집촌인 뉴몰든(New Malden), 윔블던(Wimbledon) 바로 옆에 있으니, 한인 가정들이 오기에도 편하겠고 길가에 위치해 그야말로 교회로서 이상적인 위치라 아니할 수 없었다. 더구나 건물 건너편에는 시청(Council)에서 운영하고 있는 주차장이 있어 주일에는 무료 주차가 가능해서 교회 성도들에게 100여 대 이상 차를 세울 수 있는 공짜 공간이 생기는 것이었다.

'이런 곳이라면 우리 교회로는 아주 그만인데….'

문제는 가격이었다. 이 정도 몫이라면 아주 비쌀 것임에 틀림없기 때문이다. 이 건물에 관해 정보를 제공해 준 사람을 찾았다. 당시 교회 성도님의 남편 되는 영국인 닐 플레쳐라는 분이었는데 모기지(Mortgage:은행 담보 대출) 브로커였다. 곧 한국 식당에서 그분을 만나 건물에 대한 상세한 내역을 들었다. 현재 그 건물은 국세청에서 세 들어 있고, 건물 주인이 사정이 어려워져 '공매'

169

처분을 하게 되어 경매에 나와 있으니 우리가 살 의사가 있다면 경매에 참가하고 구입자금은 자기가 은행에서 모기지(융자)를 해주겠다는 얘기였다. 급히 목사님 댁에서 부장단 회의가 열렸다.

'도대체 적정 가격이 얼마인가' 그리고 만약 우리가 구매한다면 '얼마를 상한가로 정할 것인가' 가 가장 중요한 문제였다. 현재 건물의 감정가는 110~120만파운드의 물건이다. 그러나 부동산 경기의 호황으로 인하여 경매 낙찰가는 실제 시가를 넘는 경우가 많은 상황이다. 두 가지 의견이 팽팽하게 맞섰다. 무조건 하자는 쪽과 너무 비싸다면 하지 말자는 쪽의 의견이 그것이다. 비싸다면 굳이 사지 말자는 쪽의 입장은 역시 현실적인 재정 상태를 먼저 고민하지 않을 수 없으니 너무 무리하지 말자는 것이리라. 반면 무조건 사자는 쪽에서는 아무래도 예전의 경험을 돌이키고 있을 터였다. 이전에도 적당한 건물이 있어 계약이 성사 될뻔했다가 무산된 적이 있었는데, 그 이후 런던의 부동산 가격이 천정부지로 솟아버려 점점 더 우리 교회 마련의 꿈은 멀어지고 있으니 좀 부담스럽더라도 이번 기회에 마련해 버리자는 이야기다.

사실 이전에 여러 차례 기회가 있었음에도 교회 구매가 성사되지 못한 데에는 이유가 있었다. 한마디로 말하자면 '성도간에 화합이 되지 않았기 때문' 이었다. 개인이 집을 살 때에도 부부 둘의 의견을 맞추는 것이 보통 어려운 일이 아니다. 남편 직장과의 교통이며 출퇴근 시간을 고려해 '이 집이 좋다' 하면, 아내는 집 값이며 시장과 아이들 학교 등교 등을 이유로 반대하곤 한다. 남편은 거실이 커서 이집이 마음에 든다하면, 아내는 부엌이 작아서 이 집이 마음에 안 든다 하니 단 두 사람의 마음을 맞추는 것도 여간 힘든 일이 아닌 것이다. 하물며 부장단만 십 여명이 되는 교회에서, 그것도 '교회'라는 큰 집을 찾는 일에 대해서야 더 할말이 있으랴.

"목사님, 저는 이번 일은 무엇보다도 제 생각보다 다른 사람들의 의견이 가장 중요하다고 생각합니다. '모든 사람들이 만족하는 방향'으로 따라가겠습니다."

레인즈 파크(Raynes Park)쪽의 건물 건을 두고 목사님과 이야기를 하게 되었을 때, 우리는 '성전 구입을 진행함에 있어서 가장 중요한 일이 무엇일까'를 가지고 한참 동안 진지하게 대화하던 중에 내가 말했다.
그러자 목사님이 놀라며 이렇게 말씀하셨다.

"장로님 생각과 제 생각이 똑같은 것 같습니다. 그렇지 않아도 '사람들이 이번 일을 진행하면서 서로 시험 들지 않게 해 주십시오' 하는 것이 제 기도였습니다. 한 사람의 성도도 시험에 들지 않을 때 교회를 살 작정입니다."

교회를 사겠다고 하는 순간부터, 스스로 헌금을 내는 부분에서 오는 자격지심이라든지 남이 얼마를 헌금했다더라 하는 부분이라든지 이리저리 말이 왔다 갔다 하는 과정에서 많은 시험을 받게 될 터이다. 그러니 무엇보다 교회 건물을 사는 것도 좋은 일이지만 '목적보다 과정을 중시하자' 는 생각이 우선시 되어야 할것이다.

　　"하지만 도대체 얼마까지면 사자는 이야기입니까?"

　가격 부분에 이르러서는 다들 신중하게 말을 던진다. 어떤 이는 경매이니 85만파운드면 되지 않겠는가 하는 사람도 있고, 110만 파운드까지라도 목사님이 원하시면 사야하지 않겠는가 하는 이도 있다.

　　"제가 한 마디 해도 되겠습니까? 제가 볼때 그 건물은 면적으로 보자면 90만파운드 정도가 적정한 가격인 것 같습니다만…."

　회사 건물을 산 경험으로 내가 말했다. 현재 제곱미터당 단가가 1백 파운드라고 보면, 총건물 면적이 900제곱미터이므로 90만 파운드라는 가격이 나온다. 아무래도 나는 사업을 하는 사람이다 보니 건물을 보더라도 현실적으로 어느 정도까지의 값어치가 있는지를 먼저 따지게 된다. 오랜 시간 회의끝에 100만 파운드까지를 상한가로 해서 사자는 쪽으로 결정이 났다. 우리가 가지고 있는 재정 형편으로는 100만 파운드라는 돈은 그림의 떡과도 같은 천문학적인 돈인데도 그런 결정을 할 수 있다니 … 하나님이 주신 마음이 아니라면 어려운 일이었다. 그 날 이후부터 '성전 구입에 관한 특별기도회'가 매일 열렸다.

"성전을 주시옵소서, 레인즈 파크에 있는 건물을 우리에게 주시옵
소서."

그런데 시작부터 문제가 생겼다. 건물의 용도 변경에 관한 것인
데, 당시의 건물은 사무실로 허가가 나 있었다. 영국에서는 건물의
용도에 민감한 편이다. 따라서 만약 우리가 이 건물을 산다 해도
교회 건물로 사용 허가가 나지 않는다면 사게 되어도 무용지물이
되고만다. 그래서 부랴부랴 Merton council을 찾아가서 Planning
Officer를 만나 의견을 물었다. 그의 판단으로는 아무래도 교회 허
가가 어려울 것같으니 신중을 기하라고 했다. 카운슬(Council)이
란 곳의 재정은 결국 세금으로 충당되는 것이므로 회사로 허가가
나면 그곳에서 얻는 일정한 세수(稅收 : 세금으로 얻는 수익)가 있
지만 교회로 허가를 내 주면 세수가 줄어들게 될 것이므로 Charity
기관이나 교회 용도로 변경하면 세금이 없으니 허가가 어려울 것
이라는 중개소의 이야기도 들었다. 다시 목양관으로 가서 말을 꺼
냈다.

"목사님! 교회 허가는 어려울 것 같습니다. 그러나 부동산 값이 자
꾸 오르니 우리가 성전건축 기금으로 저축한 25만파운드로 우선
그 건물을 산 뒤에 다른 곳에 임대를 주고 나중에 교회 허가가 나오
지 않으면 그 때 건물을 팔고 교회 사용이 가능한 다른 건물을 다시

사는 방법도 있습니다만….'

그 말을 듣고 목사님은 그 자리에서 일언지하에 '아닙니다 교.회가 부동산 장사는 할 수없습니다.' 라는 답을 내 놓으셨다. 교회에 있는 하나님의 돈이 투기성으로 사용되어서는 안 된다는 말씀이셨다. 혹시나 하고 말씀을 드렸지만 역시나 분명하게 거절 하시니 조용히 따르는 수밖에.

'그럼 없었던 일로 하겠습니다' 하고 이야기를 마무리한 뒤 이튿날 나는 회사일로 해외출장길을 나섰다. 또 다시 성전 구입의 기회는 사라졌지만, 다음 기회에 더 좋은 것으로 주실 하나님을 기대하자는 위로로 마음을 달래며…. 그렇게 며칠이 지나고 출장길에서 돌아와 목사님께 전화를 드렸다. 물론 나는 이미 교회 건물 일 같은 건 까맣게 잊고 있던 상태였다.

"목사님! 출장 갔다가 이제 막 도착했습니다."

그런데 전화를 받는 목사님의 목소리가 어쩐지 상기된 듯 했다.

"장로님, 내일 경매에 참석 하셔야겠습니다."

순간 깜짝 놀라서 되물었다.

"예? 무슨 경매입니까?"

"장로님! 일이 그렇게 되었습니다. 안 가시면 안 되게 되었습니다. 지금 교회에서 난리가 났습니다. 여선교회에서 금식 기도를 하고 건물 땅 밟기를 하며 매일매일 기도하고 있습니다. 제가 뒤늦게 교회 입장을 설명했으나 막무가내입니다. 여선교회장이 이 중요한 때 장로님은 어디 가시고, 목사님은 성전 구입에 대한 얘기가 한마디도 없으니 지금 목양관으로 쳐들어 오겠다고 전화를 하셔서 제가 아주 혼이 났습니다. 건물을 사면 임대를 주고 있는 곳 세입자와의 계약기간이 아직 4년이나 더 있는데, 그동안 용도 변경에 관한 서류 준비를 잘 해서 내면 되는 것 아니냐고요. 그리고 하나님께서 주신다는데 왜 포기하냐고요. 어떻게 해야 합니까?"

목사님의 말씀을 듣는 순간 내 속에서 형언할 수 없는 어떤 감동이 일어남을 느꼈다.

  "예, 그럼 준비해서 내일 가겠습니다."

  드디어 경매의 날이 밝았다. 김용복 목사님, 주창덕, 박범용 두 안수 집사님을 태우고 차를 출발시키기 전에 운전대를 잡고 간절히 기도했다.

  '하나님! 당신 집을 사기 위해 이제 출발하오니 경매장에 같이 가시지요.'

런던 중심가에 있는 피카딜리 서커스 메이페어(Mayfair) 호텔 경매장에 도착했다. 이미 호텔은 경매에 참여하기 위한 전국 각지의 부동산 업자들로 한참 북적대고 있었다. 한동안 영국의 부동산 가격이 천정부지로 솟았기 때문에 유찰되는 물건은 거의 없다고 한다. 수년 사이에도 런던의 집 값이 거의 두 배가량 올랐으니 이곳의 부동산 경기가 어떠한 것인지 쉽게 짐작할 수 있으리라. 그래서 이곳에는 실제 필요에 의해서 건물을 사려는 사람들뿐만 아니라 투기를 위한 부동산 업자와 브로커들도 많다. 간략하게 이곳의 경매 방식을 설명하자면, 이곳의 경매 입찰 방식은 한국과 조금 다르다. 한국은 경매물건의 금액을 적어 내고 가장 높은 금액을 적은 사람이 낙찰 받는 '비공개' 방식이지만 이곳은 매물의 가격이 올라갈 때마다 손을 들어 의사표시를 하는 '공개' 방식이다. 낙찰 받은 사람은 당일날 낙찰가의 10퍼센트를 내고, 한 달 후 지정된 날짜에 남은 금액을 치러야 한다. 만약 지정된 기일에 잔금을 치르지 못한다면 10퍼센트의 선급금은 잃게 된다.

우리가 기다리는 것은 경매 순서[Lot 27]이다. 기다리는 두세 시간 동안 우리 팀들은 끊임없이 기도를 하고 또 했다. 우리 측에서는 경매 참가자로 닐 플레쳐 씨를 내세우라고 했다. 내가 옆구리를 슬쩍 찔러 신호를 주면 닐이 손을 올려 '사겠다는 의사표시를 하기로 하자' 고 미리 약속해 두었다. 일단 100만파운드까지 가격을 정해 두었지만, 90만 파운드를 상한가로 생각하고 그이상의 가격에서는 신중하게 결정하기로 이야기하였다. Lot 26 매물이 지나가고 드디어 우리가 기다리던 건물 순서가 되었다. 다들 긴장

된 얼굴로 사회자의 얼굴을 바라보고 있었다. 모두들 우리의 매물 번호를 부르기만을 기다리고 있는데, 어찌된 일인지 사회자는 Lot 27이 아닌 Lot 28을 부르는 것이 아닌가.

'아뿔싸. 건물주인이 경매 철회를 요청했을지도 모른다' 는 생각이 스쳤다. 급하게 경매에 넘겼다가 마음을 바꾸는 경우도 허다하기 때문에 당일 매물 목록에서 사라지는 경우도 있으니 말이다. 다들 의아함과 안타까운 마음으로 시선을 교환하고 있는데 사회자가 사람들의 웅성거리는 소리를 듣고 무언가 이상했는지 서류를 뒤적이다가 자신이 실수했다며 이번 매물은 Lot 27이라고 정정하는 것이 아닌가. 다행이라고 생각하고 있는데 사회자가 한참 뜸을 들이며 서류를 뒤적거린다. 뭐가 잘못 되었나 숨죽이고 쳐다보는 시간이 어찌나 긴지… 사회자가 서류를 뒤적이며 말한다.

"죄송합니다. 기존에 주어졌던 Lot 27매물 건에 대한 정보가 잘못되었습니다. 기록으로 알고 계신 평수보다 10퍼센트더 넓습니다. 따라서 경매 시작 가격이 예정보다 조금 더올라간 곳에서 시작하겠으니 착오 없으시기 바랍니다."

어찌된 영문인지 우리 물건에서 예상했던 것과 달리 미묘하게 조금씩 어긋난 부분이 생긴다. 다들 긴장한 모습들이다. 매매 시작 가격은 83만 파운드로 경매 호가 단위는 5천 파운드다.

"83만… 83만 5천… 84만… 84만5천…85만…."

가격이 계속 올라가고 한 경쟁자가 줄곧 따라붙는다. 가격은 어느새 89만까지 올라가고 있다.

"89만… 89만 5천."

경쟁자가 계속 따라온다.

"90만.." "아 더이상 올라가면 안돼….”

너무나 긴장된 순간, 닐에게 옆구리를 찔러 신호를 주기로 했는데 나도 모르게 손이 번쩍 올라갔다. 어찌된 셈일까? 사회자는 계속 닐과 다른 경쟁자만을 보다가 또하나의 경쟁자인 내손이 올라가자 잠시 당황한다. 사회자가 "같은 그룹 입니까 아니면 다른 입찰자 입니까?"하고 묻는다. 나는 아무 말도 하지않고 사회자만을 쳐다보았다. 줄곧 우리를 따라오던 경쟁자도 뒤를 돌아보며 나를 눈여겨본다. 사회자가 다시 가격을 부른다.

"90만 5천!"
"91만!"

닐의 옆구리를 쿡 찌르자 이번에는 닐이 손을 번쩍 든다.

"91만 파운드! 91만 파운드 나왔습니다. 91만 5천없습니까?"

어쩐 일인지 지금껏 따라오던 경쟁자의 손이 올라가지 않는다.

"91만! 91만! 91만 입니다. 더 이상 없으십니까. 그럼 91만 파운드에 낙찰되었습니다. 땅.땅.땅."

우리 모두의 입에서 일제히 탄성이 튀어나왔다. 아마도 경매 역사상 낙찰 순간에 할렐루야로 화답하는 일은 전무후무한 일이었을 것이다. 100만파운드까지 예정했던 건물을 91만 파운드에⋯ 그것도 알고 있던 평수보다 10퍼센트 더 넓어진 셈이니, 하나님께서 우리가 필요한 공간을 최선의 가격으로 주신 것이리라. 당장 계약금조로 9만 1천파운드짜리 수표를 써서 제출하고 경매장을 나섰다. 너무 기뻐서 나오고 보니 내 차에는 주차 시간 초과로 벌금 딱지가 붙어 있었지만 그래도 싱글벙글. 그저 행복한 마음뿐이었다. 지난 후에 곰곰 생각해 보니, 경매 과정에 여러 가지 예기치 못한 순간들이 있었다.

첫 번째는 사회자가 우리 매물을 처음에는 누락시켰던 일과 또 서류상의 오기로 실제 평수보다 더 적게 기재된 것 등이다. 만약 아무런 문제없이 순서대로 진행되었더라면 어땠을까. 많은 투기성 부동산 업자들이 되든 안 되든 덤벼들었을지 모를 일이다. 사회자가 이런저런 이유로 정정하는 순간, 그들의 마음이 흔들려 '이번 건은 그냥 넘어가자' 라는 심리적인 부담감을 준 부분이 있지 않았을까 하는 생각이 든다. 두 번째는 우리 팀의 의사 표시는 닐이 하기로 해 놓고, 약속과 달리 내가 손을 들은 것이다. 나는 그때 내가 왜 그랬는지 알 수 없다. 아마 경쟁자는 낯선 동양인이 갑자기 손을 들자, 새로운 경쟁자가 나타났다고 생각했으리라. 그래서 이 물건에 눈독을 들이는 실수요자가 많은 것으로 생각하여 더 이상의 경쟁을 접고 포기하지 않았을까.

　　"어째서 90만 파운드에서 손을 드셨습니까?"

하고 묻는다면 나로서도 할 말이 없다. 정말 나도 모르게 손이 번쩍 올라가고 말았으니 말이다.

　모든 이유는 하나님만이 아시지 않을까. 아직도 그 날의 정황은 쉽게 이해되지 않는 부분이 많다.

　'하나님! 경매장에 같이 가시지요.' 라는 나의 기도가 응답되기 위해 이모저모로 성령님께서 역사 하신 것이 아닐까? 여선교회의 금식기도 땅밟기 기도가 응답 받은 것으로 믿는다.

　다시 부장단 회의가 열렸다. 교회 구입에 따른 소요 예상 비용과 그 금액을 어떻게 만들어 갈 지에 관한 일을 의논하기 위해서였다. 건물구입비, VAT, 인지세, 변호사 비용 기타 비용 등 총 111만 파운드 가량 든다는 계산이 나왔다. 교회 재정으로 약 28만 파운드 가량 있으니 82만파운드를 만들어야 한다는 이야기인데… 낙찰 받은 것까지는 좋았는데 앞으로 갈길이 첩첩산중이다. 어떻게 이 많은 돈을 만들 것인가. 우선 건물 담보 대출(모기지:mortgage)과 현재 교회 사택을 재담보 대출(remortgage)받아 자금을 마련하는 방법이 논의되었다. 여기서 간단히 영국의 건물 담보 대출(모기지)에 대해 이야기 해야겠다. 은행의 담보 대출은 개인의 경우에는 그 사람의 수입을 감안해서 300~500퍼센트까지 돈을 빌려주고, 상용 건물의 경우 건물 시가의 40~60퍼센트까지 대출이 가능하다. 그러나 어떤 경우든 세수를 확실히 증명할 수 있는 자료가 준비되어야 한다. 그런데 알다시피 교회는 개인과도 다르고 회사와도 다른 특수한 집단이 아닌가. 개인이나 회사라면 정기적인 수입이 있어서 국가에 내는 세금을 내고 납세증명을 제출할 수 있지만, 개인의 헌금으로 운영되는 교회란 일정한 고정 수입이 있는 것도 아니라서 정기적으로 나가는 세금이라는 것도 있을 수가 없어서 세수증명을 할 수가 없다.

한 마디로 법적으로 공식화 할 수있는 서류라는 것이 존재하지도 않고, 확실하게 제출할 수 있는 세금 증빙이 존재하지 않는다는 이야기다. 따라서 은행 입장에서 보자면 대출 우선권으로 따져 볼 때, 교회는 가장 하위 그룹 쪽일 것이다. 게다가 운좋게 빌려 준다 하더라도 교회에 대해서는 이자율이 상대적으로 높을 수밖에 없다. 당장 낙찰 받은 건물을 교회 이름으로 대출 받는다면 어느 정도가 가능할 것인가 주변 사람들에게 물으니, 40퍼센트 정도 나오면 잘 나온 것 아니겠냐고 한다. 40퍼센트라면 36만 4천파운드 가량이다. 그리고 소득세 변호사 비용 약 10만 파운드가 추가된다. 거기에 그간 교회에서 건축 헌금으로 적립된 금액이 약 28만 파운드… 현재 쓰고 있는 사택을 재 융자 받는다면 약 10만 파운드… 그렇게 한다 해도 20만파운드 이상이 모자란다. 이 부분은 헌금으로 충당하는 수밖에 없다는 결론이다.

하루하루 시간이 촉박하므로 당장 은행부터 달려가서 담보대출이 가능한지 가능성을 타진해 보아야 한다. 모기지 브로커인 닐 플레쳐는 로얄 스코틀랜드 은행 및 바클레이(Barklays) 은행들에게 융자 가능성을 타진해 보기로 했다. 그러나 아무래도 은행 측에서 어떤 답이 나올지 모르는데 한두 군데 은행만 믿고 기다릴 수는 없는 일이다. 그래서 현재 교회 주거래 은행인 낫웨스트(Nat West) 은행에도 접촉해 보기로 했다.

이제 문제는 시간싸움이다. 경매로 낙찰된 부동산은 3주만에 최종 계약이 이루어져야 한다. 그렇지 않으면 보증금 10프로를 몰수당한다. 영국은 은행에서 돈을 빌리는 것도 어렵지만 우선 은행 대출 담당자와 약속을 잡는 것이 더 힘들다. 보통 매니저 한 번 만나기 위해 3~4일은 예사로 기다려야 하고, 편지 왕래는 양쪽이 1주일은 족히 걸린다. 영국의 은행 일처리를 보자면 속이 답답해진다. 남이야 급하든 말든 천하태평이다. 내 맘속의 시계추는 시초를 다투는데 이 사람들은 할 일 다 하고 전혀 아쉬운 것이 없다.

하루하루 시간은 촉박한데 은행 매니저들 얼굴 보기가 하늘의 별따기다. 하루에도 여러 차례 이 은행과 저 은행을 왔다 갔다 했지만 별다른 성과가 없다. 왠지 마음이 불안한 것이 회사일도 손에 잡히지 않는다. 그렇게 안절부절 못하고 있던 어느 날, 닐 플레쳐에게서 전화가 왔다.

"바클레이(Barclays) 은행에서 허락이 떨어질 것 같긴 합니다. 그런데 아무래도 모기지 허가 서류가 나오기까지는 시간이 오래 걸릴 것같습니다. 제 생각에 잔금을 치르는 날짜에는 못 맞출 것 같은데요."

결국 일단 급전을 쓰고 은행 대출금이 나오면 급전을 막는 것이 어떠한가. 자기가 아는 사람에게서 급전을 받아 줄 수 있다는 닐의 제의다. 전화를 끊고 나니 뭔가 잘 못되어도 한참 잘못 되었다는 생각이 든다. 역시 경매 브로커다운 발상이다. 결국 브로커를 끼고 일을 한다는 것은 이런 방식일 수밖에 없는가라는 생각이 뇌리를 스쳤다. 브로커인 닐의 입장에서 보자면, 시간이 촉박한 것은 우리이고, 아쉬우면 급전을 쓸 수밖에 없으리라는 나름의 계산을 하고 있는 것이다. 경매를 하고자 하는 대부분의 사람들이 결국 시간에 쫓겨 닐의 급전을 쓰게 되겠지. 이 경우 급전 알선비만 1만파운드 가량 들어가고 이자율도 10퍼센트가 넘게 된다. 그러나 우리는 무슨 일이 있어도 그렇게 할 수는 없다. 더 이상 닐에게 기대를 할 수는 없다는 결론을 내렸다. 남은 20일 내로 계약금 전부를 내지 못하면, 선수금 10퍼센트 (9만 1천 파운드)를 몰수당하게 된다. 그러니 시간이 없다. 다른 사람은 믿을 수 없다. 내 스스로 최대한 발로 뛰어 보는 수밖에 없다. 하나님 도와주십시오. 주거래 은행인 Nat West은행에 다시 달려갔다. 늙수룩한 은행 매니져가 가능성을 검토해 보겠다고 했지만 될지 안될지 모르는 상황이니 실망스럽다. 그러던 와중에 당시 우리 교회에 출석하고 있던 백정원 선교사님이 자기가 식당을 살 때 알게 된 AIB(Allied Irish Bank) 은행의 매니저가 융자할 일이 생기면 연락하라고 했으니 한번 만나 보라고 한다.

나는 다음날 AIB로 달려갔다. 공교롭게도 AIB은행은 현재 우리가 임대해 사용하고 있는 Wimbledon교회의 맞은편에 위치하고 있었다. 매니저에게 시간도 급하고 아무 증빙할 자료도 없는 주제에 과감히 60퍼센트 담보대출을 요구했다. 40퍼센트도 될까 말까인데 어디에서 그런 배짱이 나왔는지… 매니저가 말한다.

"아… 순복음 교회 압니다. 맞은편에 있는 교회 말씀이지요."

맞은편에 있는 교회라 잘 안다는 말에 반가운 마음과 한 가닥 희망이 생긴다. 매니저가 우리 교회에 대해 묻는다.

"그런데 어떤 교회입니까? 한국에서 온 교회 같은데…."
"우리 교회로 말할 것 같으면 세계에서 가장 큰 교회로 폴 용기 조(Paul Young Gi Cho)목사님이 담임으로 계시는 여의도 순복음교회입니다. 아시지요? 그 교회의 런던 지교회입니다."

혹시 조용기 목사를 알까, 설마 세계에서 가장 큰 순복음 교회하면 모르지는 않겠지 싶은 생각에 자신감을 보태 한 번 던져 본다. 어쩐지 긍정적으로 들어주던 매니저.

"저는 교회에 대해서는 잘모릅니다. 그렇지만, 우리 은행에 종교 특별부서가 있으니 종교 부서 담당자와 협의한 후에 바로 융자 여부를 알려 드리지요."

다음날 아침, 핸드폰을 바로 곁에 두고 회사일을 건성건성 훑어 보고 있는데 전화가 울린다.

"Hello."
"축하합니다. 우리 은행에서 담보대출을 허가하기로 했습니다. 건물 감정가의 60퍼센트까지 기본 이자율(Base : 은행간 금리) + 1퍼센트로 해드리겠습니다."

아니 60퍼센트까지나 해준다니 귀가 번쩍 띄는 소식이다. 그렇다면 사택은 재융자(remortgage)하지 않아도 되지 않는가. 더구나 놀랄 만큼 저렴한 이자율! 할렐루야… 이 기쁨이라니…당장 목사님께 전화를 했다. 얼마나 기뻐하실까. 그렇지 않아도 목양관에서는 매일 '성전건축 특별 기도회'가 열리고 있던 참이었다.

"여보세요!"

목사님의 목소리 뒤로 성도들의 기도 소리가 내 귀로 흘러들었다. 자신들의 눈앞의 급한 일들을 다 제쳐두고 목사님 댁으로 하루도 거르지 않고 찾아와 성전을 달라는 저들의 간절한 기도를 하나님이 어찌 들어주지 않으시랴. 목사님께 전하는 내 목소리도 조금 긴장이 되어 힘이 들어갔다.

"목사님! 허가 떨어졌습니다."
"장로님 감사합니다. 드디어 해 내셨군요."

다음 날 당장 은행으로 달려가서 서류에 사인을 했다. 이자율이 리보레이트(Libo Rate) +1퍼센트다. 참고로, 은행 간의 기준금리(base rate)가 4.75퍼센트다. 따라서 각각의 은행들은 이 4.75퍼센트에 플러스 알파를 더붙여서 개인이나 기업으로 대출해 준다. 그 알파가 은행 수입이다. 그러므로 우리가 받은 이율은 기본이율(현 4.75퍼센트) 플러스 1퍼센트의 이자라는 이야기인데, 이것은 일반 가정집에도 주기 힘든 이자율이다. 대개 기본이율 플러스 2.5퍼센트이상인데 1퍼센트라니 도무지 믿겨지지 않는 조건인 것이다. 1퍼센트라니, 신이 내린 이자율인가.

"목사님 일이 너무 잘풀리는 것 같지 않습니까?"
"그렇지요? 우리 입조심합시다. 일이 너무 잘 풀려서 사탄이 시기할지도 몰라요."

일이 너무나 술술 풀린다고 생각되는 어느 날, 목사님과 나와의 대화였다. 그 뒤에 주거래 은행인 낫웨스트 은행에서도 대출 허가가 떨어졌다는 소식이 왔다. 기본 이율 + 2.5퍼센트(총 이율 7퍼센트)라고 한다.

AIB(Allied Irish Bank)에서 기본율 + 1퍼센트로 이미 결정되었는데, 20년 이상이나 거래해 온 주거래 은행에서 AIB보다 1.15퍼센트나 높은 이자율을 제시하다니… '어림도 없지' 하며 내심 조금은 교만해졌다. 그런데 다음 날 AIB에서 전화가 왔다고 한다. 확인 전화를 해보니 청천 벽력같은 소식이 아닌가. 은행에서 타이핑 과정에서 실수가 있었다고…이율이 1퍼센트가 아니라 2.25퍼센트라는 것이 아닌가. 그러니 당신들의 대출 조건을 변경해야겠다는 전화내용이었다. 마음속으로 우려했던 상황이 현실이 되어 나타난 것이다. 이.럴.수.가.

  "하나님 왜 저희에게 혼동을 주십니까."

나의 실망에 찬 목소리를 들으신 목사님께서 용기를 주신다.

  "장로님! 기도하고 있습니다. 매일 저녁 목양관에서 부흥회가 열
  리고 있으니까, 너무 걱정하지 마시고 힘내십시오."

나는 이튿날 주거래 은행인 낫 웨스트 은행을 찾아갔다.

  "다른 은행에서도 대출 허가를 받았습니다만…, 아무래도 주거
  래 은행과 거래하는 것이 저희도 편하지요. 이쪽에서 이율을 더 좋
  은 조건으로 맞춰 주신다면 기왕이면 이곳과 거래를 하고 싶습니다

만….”

매니저가 물었다.

“다른 은행에서 이율을 얼마로 받으셨습니까?”
“기본 이율에 1퍼센트를받았습니다.”

차마 은행 측실수였다는 이야기는 할수 없었다. 매니저가 고개
를 절래절래 흔든다.

“그건 저희로서는 불가능한 조건입니다.”

한편 AIB에서 다시 연락이 왔다. 어째서 답이 없는가 하고. 나는
이메일로 답신을 보내마고 대답했다. 어떻게 해야 하는가? 목사님
과 협의 후 착잡한 마음으로 메일을 보냈다.

우선, 당신들의 연락을 받고 깜짝 놀랐습니다. 은행측에서 어떻게 그런
실수를 할수 있습니까. 우리 쪽에서는 당연히 1퍼센트라고 알고 있었기
때문에 2.25퍼센트는 수락할 수없습니다. 그러나 이율을 1.75퍼센트로 낮
춰 주신다면 수락하겠습니다.

이자율이 1퍼센트가 올라갈 경우, 이자로 지불되는 돈이 5,500
파운드(한화 약 2,100만 원가량)가 추가로 더나가게 된다. 메일을

보내고 나서 가슴 한 켠이 답답하다. 이 사실을 성도들에게 어떻게 알려야 할까. 대부분의 성도들이 기본이율 +1퍼센트로 알고 있는데 하루아침에 1.75퍼센트라면 선뜻 이해를 할수 있을까? 다음날 AIB에서 1.75퍼센트까지 가능하다는 연락이 왔다. 순식간에 두 배가까운 이율로 바뀌었는데 즐거울 리가 없다. 이 일을 어떻게 설명한다? 참으로 난감한 일이 아닐 수 없다. 사무실 문을 잠그고 통성 기도를 했다.

"하나님 아버지! 당신의 직접적인 개입이 필요합니다."

간청하고 또 간청했다. 기도 후 여전히 답답한 마음이 들어, 우리 회사 회계사인 클레멘트에게 전화를 걸어 그 동안의 사정 이야기를 했다. 클레멘트가 말했다.

"이일은 은행의 실수인 건 확실하지 않습니까. 그러니 책임을 지라고 강하게 밀어 붙여보세요. 1퍼센트가 아니면 안 된다고요."
"하지만 이미 1.75퍼센트로낮춰주면 허락하겠다고 이메일을 보내고 벌써 답신까지 받았는데?"
"그건 개인의 의견이었고, 교회 전체의 의견이 아니었다고 하세요. 당회에서는 1퍼센트만 수락한다고요. 만약에 이일이 잘 못되어서 문제가 발생한다면, 모든 책임은 은행 측에서 지게 될 거라고 강하게 밀어붙이세요."

'이러다가 잘 안돼서 1.75퍼센트마저 날아간다면 어떻게 되는가. 그때는 그야말로 진퇴양난 아닌가?'

결국 정식 공문서를 만들어 은행 측에 보냈다. 내용은 '1퍼센트가 아니면 수락할 수 없습니다.' 라는 것으로. 공문서를 보내는 마지막 순간에도 끊임없는 기도와 걸맞은 망설임이 있었다. 자칫 잘못하면 모든 것이 허사로 돌아간다는 생각, 내 손끝 하나에 너무나 많은 이들의 노고와 기도가 달려 있다는 생각에 마음이 천근만근 무거웠다.

'이제 내가 할 수 있는 일은 무엇이 남았는가……. 기도뿐이다.'

편지봉투를 두 손으로 부여잡고 기도했다.

"주님! 처음대로 AIB가 1퍼센트로 돌아가게 해 주시옵소서. 1퍼센트 이상은 절대 안됩니다."

정말 기도 이외에 내가 할 수있는 일은 아무 것도 없었다. 이제 잔금 결제를 해야 할 시간이 10일밖에 남지 않았다. 모든 것은 초읽기에 들어가는 가슴 떨리는 상황이다. 만약 은행에서 "그렇다면 없었던 일로 합시다." 라고 하면 모든 일은 허사로 돌아간다. 시간 관계상 더 이상 다른 은행의 의사를 타진해 보기는 너무 늦은 시점이다. 대출을 위해 건물 감정서(valuation report)를 받은 곳도 AIB뿐인데다가 다른 은행에서 허락이 나서 다시 건물 감정을 받는다 해도 최소 1주일 이상의 시간이 걸리는 것이다. 계약 만료일이 지나면 아무 소용이 없다.

하나님! 힘을 주십시오.

영국은 부동산 거래를 변호사가 한다. 모게지도 변호사가 중재를 해야 한다. 회사 고용 변호사 Mr Compton을 만나서 이자율 변경을 얘기 했더니 그럴 수가 없다는 것이다. 은행이 어떻게 공신력 없이 그럴 수가 있느냐. 자기 고객 중에 AIB은행의 이사가 있으니 얘기를 해주겠다고 한다. 지푸라기라도 잡아야 할 순간에 뜻밖에 나타난 구원군.

"하나님 도와주십시오!"
"어떻게 진행되고 있습니까? 이제 기한이 거의 다된 것 같은데요. 장로님."

목사님이 전화를 하셨을 때, 뭐라고 말해야 할 지 잘떠오르지 않았다. 아직 은행 측에서는 어떤 답신도 오지 않은 상태로 잔금을 치러야 할 날짜는 초읽기로 다가오고 있었다.

"죄송합니다. 목사님, 기도해 주십시오. 은행 연락을 기다리고 있는 중인데, 아직 소식이 없습니다."

하루가 더 지났다. 가슴을 태우며 기다린다는 말이 이런 것이리라. 불과 일주일이 남았을 뿐이다. 목사님 댁에서 매일같이 계속되는 철야 기도에 목사님은 물론이고 성도들이 하나같이 목이 다 쉬어버렸다. 방이 다 차서 복도까지 꽉 차 기도하는 성도들의 울부짖는 기도 소리가 들린다.

"주여! 교회를 주십시오."
"AIB에서 1퍼센트를 허락하게 해주시옵소서."
"주여! 은행 융자가 나오게 해주십시오!"

기도의 응답인가. 그날 퇴근 시간 무렵에 전화가 울렸다.

"은행 이사회에서 결정되었습니다. 1퍼센트 수락하겠습니다. 우리 은행 역사상 가장 낮은 이자로 융자하게 되는 겁니다."

할렐루야. 할렐루야. 클레멘이 편지로 항의 하라고 조언하고 Mr Compton이 자기 고객의 이사한테 전화로 지원해 준 결과일까? 아니다. 하나님의 역사가 없었다면 그 누구의 영향도 은행의 원칙을 바꿀 수는 없다. 다음날 아침 은행에서 모든 서류에 싸인하고 서류 비용도 내고 돌아왔다. 은행 측에서 수일 내로 돈이 입금될 것이라고 말했지만 지금까지의 일들을 생각하면 끝까지 마음을 놓아서는 안 되리라는 생각이 들었다.

아니나 다를까. 21일째! 계약 만료일이 다되었는데도 돈이 입금되었다는 소식이 없어 점점 초조해진다. 마침 목사님과 나는 월요일, 한국에서 열리는 선교대회에 참석하기 위해 비행기가 예약되어 있는 상황이라 원래 일정대로라면 내가 목사님을 모시고 선교 대회에 참석해야 한다. 그런데 영국의 은행은 이런 내속을 아는지 모르는지, 느긋한 건지 애를 태우려고 하는 건지, 영 감감 무소식 이다.

"장로님! 내일 출발인데 준비되셨습니까?"

출발 전날, 목사님으로부터 전화가 왔다. 목사님은 한국으로 출 발하기 전날이니 당연히 내가 이런저런 준비를 다 완료했으리라 고 생각하실 것이다. 그러나 아무 것도 손에 잡히지 않는 것을 어 쩌랴.

"목사님! 실은 아직 돈이 입금되지 않았습니다. 저는 아무래도 돈 이 입금되는 것을 확인하고 나중에 출발해야 할 것같습니다. 그러 니 목사님 혼자 먼저 가셔야겠습니다."
"음…은행에서 허락했으니 들어오겠지요. 같이 가십시다."나보다 느긋하시다."
"목사님! 그럼 내일 오후 2시까지 기다리다가 입금되면 공항으로 달려나가겠습니다. 아무래도 입금을 확인해야 마음이 놓일 것 같습 니다."

다음 날 아침까지도 돈이 들어왔다는 소식이 없자, 마음이 초조 해진다.

'아무래도 이 사람들이 1퍼센트라고 대답해 놓고 나니, 말이 안 된다고 생각해서 버티는 건가? 없었던 일로 하자면 어떻게 하지?'

일각이 여삼추(一刻如三秋)라고 했던가. 기다리는 순간순간이 어찌 이리 더딘 것인지… 비행기 티켓이 날아가고, 선교대회 참석 일정에 차질이 생기고, 사업에 차질이 생기는 일 같은 건 조금도 걱정되지 않는다. 어느새 자신도 모르게 안절부절 하지 못하고 사무실에서 서성거린다. 전화 소리에 화들짝 놀라 달려가 수화기를 들었다.

"은행측에서 돈이 입금되었습니다."

우리 변호사 콤프턴 씨(Mr Compton)의 전화였다. 나도 모르게 시계를 쳐다봤다. 비행기 탈 시간이 촉박했다. 부랴부랴 짐을 챙겨 공항으로 출발할 차비를 서둘렀다. 비행기 좌석에 앉자 모든 긴장이 한 순간에 풀리는 것 같았다.

열 처녀가 등불을 들고 예수님을 마중하러 나간다. 어떤 등불에는 기름이 가득하고 어떤 등불에는 기름이 조금 밖에 남지 않았다. 기름이 조금 밖에 남아 있지 않은 등불을 든 처녀가 기름을 빌려달라고 말했다. 그러나 너의 기름은 네가 채워라 라고 말하며 기름을 빌려주지 않아 그 처녀가 기름을 채우러 나간 사이 이미 예수님이 다녀가셨다.

잘 알려진 열 처녀의 이야기이다. 이 이야기는 어떤 일이 닥치기 전에 미리 준비를 하라는 교훈을 담고 있다. 이번 성전 구입에 관련된 일을 하면서 스스로 하나님의 은혜를 참으로 많이 느꼈지만, 그중에서도 미리 예비함에 관한 것과 하나님이 주신 크나큰 선물에 관한 이야기를 해야 할 것같다. 알다시피 교회가 해야 할 일중에 가장 우선된 일은 영적 충만이겠지만 그에 못지않게 어려운 이들을 구제하는 것도 교회의 커다란 해야 할 일 중 하나일 것이다.

런던 순복음 교회가 20여 년간 성장해 오면서, 교회 사업의 한 일환으로 꾸준히 지역 사회 구제 활동을 해왔다. 이를테면 한국의 한국 복지 재단에 '소년•소녀 가장 돕기' 라든지 영국내 양로원, 북한 선교 단체, 동구원 고아원 지원 같은 것들이다. 그렇게 구제 사업을 벌여 나가다 보니, 구체적인 단체의 이름으로 등록을 하는 것이 활동에 제약이 덜하다는 데에 생각이 미쳐 1994년 자선단체(charity)로 명의를 등록을 하기에 이르렀다. 한국인으로서 자선단체를 등록한 것은 우리가 최초다. 영국 자선 단체(charity) 등록은 매우 신중하고 어려워, 한국인 단체로서 (교회를 포함한) 등록된 업체는 거의 없는 실정이다.

이 일이 이번 성전 구입에 얼마나 큰 도움이 되었는지, 마치 열 처녀의 이야기처럼 미리 준비함으로 인해 받은 하나님의 축복이 얼마나 큰 것이었는지 나는 이 자리에서 고백하지 않을 수 없다. 전에 이야기했듯, 은행의 담보 대출은 어떤 경우든 세수를 확실히 증명할 수 있는 자료가 준비되어야 하는데, 알다시피 교회는 개인의 기부로 운영되는지라 법적으로 공식화 할 수있는 서류라는 것이 존재하지 않는다. 그럼에도 불구하고 이번 모기지가 가능했던 것은, 오직 이 자선단체 등록(charity)때문에 가능했다고 본다. 은행 측으로서는 법적 실체가 있는 단체로 보고 대출을 해준 것이다. 우리는 회사 회계사인 클레멘트씨를 통해 3년간의 교회 대차대조표를 작성, 자선(charity) 본부의 승인을 받은 후 은행에 제출할 수 있었던 것이다.

한국에 출장을 다녀오자 변호사로부터 연락이 왔었다는 메모가 있었다. 내용인즉, '돈을 되찾아가라'는 것이었다. 무신돈? 이게 대체 무슨 소리일까. 궁금하지 않을 수가 없는 내용이다.

'돈을 되찾아가라니…….'

우리가 돈을 잘못 냈는가 싶어 교회 재정 부장과 통화를 해 보았지만 그런 일은 없다는 대답이다. 알고보니, 자선 기관(charity)에게는 인지세가 면제 된다며 이전에 냈던 인지세를 돌려준다는 것이 아닌가.

그래서 다시 5만1천 파운드(한화 약 1억 2백만원) 가량을 다시 환급 받게 되었다. 또 하나, 하나님께서 주신 크신 선물 한 가지. 건물을 담보로 모기지(mortgage)를 받는다고 하더라도 20만 파운드 가량은 헌금으로 충당해야 한다는 이야기를 전에 한 바 있다. 매일매일 목사님 댁에서 기도회가 계속 되고 헌금이 채워지기를 기도했지만, 모두들 20만 파운드까지는 현실적으로 힘들 것이라고 생각했다. 그런데 놀랍게도 잔금을 지불해야 할 마지막 시기에 모아진 헌금액은 잔액을 지불하고 남는 액수였다.

　　'주여…감사합니다.'

　　여선교회의 기도로 잊어버리고 포기하려 했던 건물을 살리신 일, 경매장(Auction Room)에서 생긴 희한한 일들로 인해 예정가격 이하로 낙찰 받은 일, 은행이 믿을 수 없는 실수를 해 이자율이 상식 이하의 선으로 낮춰진 일, 세금이며 등록비가 면제되니 이미 지불한 돈을 찾아가라고 한 일, 우리가 실제 현실적으로 예측했던 헌금액을 훌쩍 뛰어 넘은 일…….
이 모든 일들이 하나님께서 예비하신 일이 아니라면 과연 가능한 것일까?

　　하나님께서 거하실 처소를 위한 수많은 이들의 기도 응답으로 우리는 결국 성전을 선물로 받았다. 하루하루 전쟁터에서 보내는 것처럼 긴장되고 떨리는 나날들이었다. 그 과정을 지내면서 무수히 많은 순간 '과연 가능할까' 하는 의심을 반복했다. 하지만 결국 매 순간 의심과 마주하는 때에 하나님께서 열어주신 길을 보면서 늘 하나님의 눈길이 우리를 향하고 있었음을 확인하게 된다.

　　'하나님께서 하시는 일을 누가 막을 수있으랴'

　　나는 이 간증문을 쓰기 위해 교회 건물 낙찰 첫날부터 메모를 하기 시작했다. 하나님이 성전을 어떻게 마련하실지 그 기적을 생생히 기록 하고 싶어서였다. 그 메모의 제목은 '하나님이 어떻게 하시나 보자'였다. 다소 지루한 감이 없지는 않지만, 하나하나 메모를 한 것은 사실 그대로 증거하고 싶었다. 하나님께서는 당신 자신의 집을 짓기 위해 우리를 사용하여 이렇게 하라 저렇게 하라 세심하게 직접 진두지휘하신 것을 일일이 밝히고 싶었던 것이다. 성전구입 과정에서 한사람도 시험 들지 않게 해 달라는 김용복 목사님의 기도대로 한 사람도 낙오자가 없었음을 자랑하며 성전을 달라고 목메어 기도하던 런던 순복음 교회 전 성도들의 소원을 들어주신 하나님께 천만 번의 감사를 드린다.

"다윗이 하나님 앞에서 은혜를 받아 야곱의 집을 위하여 하나님의 처소를 준비케 하여 달라 하더니 솔로몬이 그를 위하여 집을 지었느니라 그러나 지극히 높으신 이는 손으로 지은 곳에 계시지 아니하시나니 선지자의 말한 바 주께서 가라사대 하늘은 나의 보좌요 땅은 나의 발등상이니 너희가 나를 위하여 무슨 집을 짓겠으며 나의 안식할 처소가 어디뇨 이 모든 것이 다 내 손으로 지은 것이 아니냐 함과 같으니라" (사도행전7:46~50).

런던 한인 교회 현황

• • •

런던 외곽을 도는 도로 M25(Motor way 25)이내에 한인 교회가 100개가 넘는다. 그런데 그렇게 교회가 많지만 열악한 교회들이 대부분이다. 주로 목사님들이 신학 공부를 하기 위해서 영국에 왔다가 졸업하고 목회를 시작하는 것이다. 또 선교사로 와서 목회를 하는 경우가 있는데 그래서 검증이 안 된 경우가 많다.

예배 장소는 영국 교회의 예배가 끝난 오후의 몇 시간을 빌리거나 공공장소를 빌려서 사용한다. 그러면 임대료를 내야 하기 때문에 목사님은 목회와 학업을 하고 사모님은 일을 하시는 것을 많이 보았다. 그 중에 자립해서 교회를 운영하고 성도들이 많이 모이는 한국교회들은 열 손가락으로 꼽는다. 그중 제일 오래된 한인 교회가 킹스턴에 있다. 스위스랜드국제신학교를 나오신 김북경 목사님이 설립한 런던한인교회이다. 이 교회에서 선교사를 보내서 킹

스크로스교회, 일링한인교회와 한빛교회 세 개 교회를 세웠다. 감리교회도 부흥이 많이 되었지만 요즘은 조금 어려운 상황에 있다. 런던순복음교회는 킹스턴한인교회보다는 3~4년 늦게 출발했지만 현재 창립한 지 34년째로 런던에서 가장 큰 교회로 성장을 했다. 우리 교회에서 흑인들이 많은 열악한 지역과 또 다른 시내에 지교회를 세워서 목회 활동을 도와주고 있다.

그 외에 정말 이름도 전혀 들어보지 못한 교회들이 많은데 어떤 교회는 목회자의 가족과 친인척들만 모여 예배를 드린다. 유학생들을 전도하기 위해, 공항에서 전도하며 여행을 오거나 단기간 머무르는 방문자들에게 유인물 나눠주고 묵을 장소 등을 안내해 주는 등 편리를 제공한 후 교회에 다시 예배를 드리게 하기도 한다.

한국인의 경우 예배도 예배지만 서로 정보 교환을 하기도 하고 마을 회관 같은 역할을 하기도 한다. 특히 연세가 있으신 어르신들은 언어의 어려움이 있기 때문에 집에만 계시다가 주일날 교회에 와서 이웃들과 교제를 한다. 청년들은 청년들대로 일주일간의 삶과 아르바이트 정보 및 학업 이야기를 나눈다. 특히 집사님이 만들어 주시는 한국 음식을 먹으러 온다고도 한다.

사실 성도들이 함께 모였을 때 식탁 교제는 매우 중요하다. 식탁 교제를 하다가 신앙심이 깊어지기도 한다. 그런데 음식을 제공한다는 것이 그렇게 쉬운 일이 아니다. 초기에 교회가 작았을 때 여선교회에서 주일마다 국수를 준비했다. 각자 재료들을 준비해 와서 성도들이 식사를 하게끔 했는데, 성도가 많지 않다보니 일을 하는 사람은 하고 안 하는 사람은 안 하니까 여선교회장이 혼자 고군

분투 하는 경우가 많았다. 그래서 여선교회 안에서의 갈등이 생기게 되었고, 나중에는 차라리 베이글 샌드위치로 점심식사를 바꾸자고 해서 1파운드짜리 베이글 샌드위치를 배달시켜서 먹는 경우도 있었다. 그런데 역시 한국 사람은 한식을 더 좋아하고 샌드위치를 싫어했다. 어떻게든지 한끼 정도는 한국식사를 제공해야 했다.

내가 교회 홈페이지에 세 분 집사님에 대해 글을 올린 적이 있다. 윔블던으로 성전을 이전 한 후에는 삼총사라고 불리는 세 분 집사님이 계셨다. 한 분은 식당을 운영하시는 이용자 집사님이었고, 다른 한 분은 한국식품점을 운영하시는 이수련 집사님이었다. 나머지 한 분도 식당을 하시다가 작은 편의점을 운영하시는 임신자 집사님이셨다. 그 세 분 집사님들이 주일식사 봉사를 하셨다.

가령 우거지 갈비탕을 준비하려면 큰 가마솥에 뼈를 넣고 끓여야 하는데 세분이 서로 협력해 밤새도록 끓여서 아침에 큰 봉고차로 음식을 나르셨다. 그런 일을 주마다 10여 년간 계속하셨다. 너무너무 고맙고 감사하다. 그분들이 아니었다면 젊은 학생들이 모처럼 한국 음식을 맛보려고 왔다가 실망을 하고 그냥 돌아 갈 수도 있었을 것이다. 세 분 집사님의 식사 섬김으로 인한 풍성한 식탁 교제가 교회 부흥의 이유 중에서 하나인 것을 부정할 수 없다.

세 분 집사님은 지금은 모두 권사가 되셨다. 교회는 그런 헌신적인 분들의 수고와 섬김으로 이끌어 가는 것 같다. 아무도 알아주지 않지만 밤새도록 준비한 돈으로 음식을 교회로 나르고, 땀을 뻘뻘 흘리면서 음식을 차려 주시는 보이지 않는 섬김이 교회를 부흥하게 하는 것 같다. 그래서 나는 그 세 분을 하나님께서 우리에게 내려주신 '세 천사'라고 부른다. 그분들이 우리 교회를 어머니처럼 돌보아 부흥시켰다고 생각한다.

그렇게 교회를 통해 친목이 이루어지니까 구역 예배가 이루어졌다. 윔블던, 뉴몰든, 웨스트 파크, 레인즈 파크 등 구역을 나누어서 집을 돌아가면서 모여서 예배를 드리고, 말씀을 듣는다. 좋은 일이 있으면 그 집에서 간단하게 한 턱 내기도 하고, 서로 기도제목을 내놓고 중보기도를 한 후 간단하게 다과를 나눈다.

또 남자 집사님들끼리는 모여서 골프를 치기도 한다. 그래서 교회가 하나의 모임의 다락방 같은 역할을 하고 있다. 심지어 대사관에서는 한국 사람들은 대사관에서 하는 얘기는 듣지 않지만 목사님이 얘기하면 다 듣기 때문에 한국 사람들의 협력을 구하려면 목사님을 통해서 얘기를 해야만 된다고 얘기를 한다고 한다. 아마 다른 나라들도 마찬가지일 것이다.

예를 들어서 신문사에서 한인 사회를 위한 도서관을 세우기 위해 헌 책이 있으면 보내달라는 광고를 하면 책이 들어오지 않는다고 한다. 그런데 목사님이 교회에서 같은 내용을 광고하면 헌 책이 산더미처럼 쌓인다는 것이다. 그런 한국 사회이다. 우리나라 사람들의 독특한 신앙심이라고 할까.

내가 볼 때 영국인들은 동네에서 해야 할 일이라고 하면 이해관계를 떠나서 똘똘 뭉치는 것 같다. 그런데 한국 사람들은 그런 것보다는 교회의 조직을 통해 일을 하기 때문에 영국 한인사회에서 제일 영향력 있는 조직이 교회이다.

영국의 한인 교회가 한국의 교회하고 다른 것은 목사님의 사례금이 열악하다는 것이다. 성도수가 적으니까 그럴 수밖에 없다. 때문에 목사님은 설교 준비를, 사모님이 자녀 양육과 파트타임 일을 하셔야하는 힘든 상황이다. 그래도 식구를 부양하려면 적어도 1천 파운드 이상의 일정한 수입이 있어야 하는데 파트타임으로는 그 돈이 안 나오고 풀타임을 일해야 한다. 그런데 그런 자리도 많지 않고, 그러한 분을 고용하고자 하는 회사도 별로 없다.

그런데 우리 회사에서 참 좋은 사모님을 모신 적이 있다. 조그마한 감리교회의 사모님이셨다. 회사에는 직원들의 80퍼센트가 한국 사람이고 20퍼센트가 외국인이다. 가족이 없이 혼자 영국에 와서 사는 직원도 많아서 꼭 점심 한 끼니는 한국 음식으로 제공하려고 신문에 모집광고를 냈다. 그런데 식사 준비를 한다는 것도, 점심시간에 잠깐 일하고서는 7~8시간의 풀타임을 채울 수가 없다. 그래서 식사 준비를 하되 나머지 시간은 스카프 섹션을 맡아서 정리하는 일을 한다고 모집을 했는데 어떤 사모님이 오셨다.

충청도 출신으로 음식을 너무너무 잘 하셨다. 남자 직원들이 마켓에서 식재료를 사오면 냉장고에 넣어두었다가 뚝딱하고 음식을 만드시고, 끝나면 스카프 섹션에서 일을 하셨다. 나중에 인원이 많아져서 혼자 식사 준비를 못 하시니까 태국인 파트타임 직원을 고용해서 설거지를 하게 하고, 사모님은 음식만 하시도록 해서 10여 년을 일하셨다. 직책도 실장님이라고 해서 존경의 표현을 하고, 연말에 호텔을 빌려서 송별회를 할 때 남편 목사님과 모셔서 30분 설교를 하시도록 하고, 직원 경조사에 초대하고, 골프 칠 때, 야외 갈 때 초청도 해서 한 식구처럼 지냈다.

그분이 우리 회사에서 일하는 것을 보고 우리 아내도 거기 취직할 수가 없냐고 목사님들의 전화가 빗발쳤다. 그렇게 목사님들이 답답한 상황에 있는 것이 안타깝다.

또 한 가지 한인 교회에 아쉬운 것은 풍족하게 성장한 교회가 열악한 교회들을 돕고 흘려주지 않는다는 것이다. 제 3자의 입장에서 볼 때 같은 한국인으로 구성된 예수 믿는 형제자매의 교회들이지만, 서로 경쟁 상태에 있기 때문에 그런 것이 아닌가 하는 생각이 든다. 가령 외국에서 쓰나미가 났다고 하면 교회에서 기부를 많이 하는데, 열악한 교회의 목회자에게 200~300 파운드 도와주는 일에는 인색하다면 그렇게 생각할 수밖에 없다. 그래서 내가 많이 쓴소리를 하지만 교회간의 협력은 참 어려운 문제이다. 한편으로는 이것이 국민성이 아닌가 하는 생각이 든다.

우리 교회는 선교 활동으로 해마다 아프리카에 계시는 선교사님을 모아서 런던에서 선교 대회를 한다. 모잠비크, 가나, 나이지리아, 남아프리카 등에서 고생하시면서 목회를 하고 뜨거운 양철 지붕 밑에서 흑인 아이들을 가르치는 선교사님들을 초대한다. 그분들을 위해서 캠브리지에서 신학을 공부하시는 한국 목사님, 학장님, 교수님들을 모셔놓고 강의도 하고, 며칠간 쉬시라고 그분들 오시는 관광 여비를 제공한다. 선교사님들이 영국에 와서 며칠 간 있으면서 행복해하고 재충전해서 아프리카로 돌아갈 때, 간단한 선물도 챙겨드린다. 그러한 행사가 해마다 열리면 좋겠다고 생각하는데 사정상 매년 열 수도 없으니까 아쉽다.

또 한 가지 한국 교회와 다른 점은 한국 교회는 소식이 엄청 빨라서 목회자들이 많이 듣고 보고 연구하기 때문에 설교의 질이 높지만, 영국은 보고 듣고 하는 것이 제한적이기 때문에 말씀이 반복적인 경우가 많다는 것이다. 그래서 성도들이 목사님 설교 외에 인터넷 설교를 많이 듣고 부족한 은혜를 채우고 있다.

그래서 우리가 제일 기대하는 것은 성령 충만 부흥회, 부활절 부흥회, 춘계. 추계부흥회 등의 특별 부흥회이다. 이럴 때 서울에 계시는 목사님들이 와서 설교를 해 주면 마치 특식을 먹는 것처럼 은혜를 많이 받는다. 그분들이 오셔서 해주시는 깊은 설교가 가슴에 와 닿을 때 눈물을 흘리며 은혜를 체험한다.

방송 매체를 통해 먼저 들었기 때문에 잘 알려진 목사님이 오시면 그 교회로 모든 교인들이 우르르 몰려가서 은혜를 받는다. 그런 기회가 기다려지고 그런 기회로 부흥이 이루어진다. 그분들은 잠깐 다녀가지만 뿌려놓은 씨로 성장을 한다. 예를 들어 조용기 목사님이 다녀가시고 나서 런던순복음교회가 부흥이 되어서 천 명, 이천 명이 모이게 되는 계기가 되었다. 곽규석 목사님이라는 코메디언 하시던 목사님도 왔다 가셨고, 장경동 목사님, 사랑의교회 오정현 목사님도 왔다 가셨고, 이상렬 목사님도 왔다 가셨고, 피종진 목사님, 그리고 부부관계를 상담하시는 서울에서 유명하신 목사님들도 다녀가셨다.

우리 목사님은 우리가 원하는 걸 잘 아시기 때문에 교파를 초월해서 귀한 분들을 모셔서 말씀을 듣게 하신다. 또 목사님들끼리 모여서 제자교육, 사모들 교육하시기도 한다. 그것들이 참 하나의 불쏘시개 같은 역할을 한다. 그렇게 목사님들 오시면 여행사를 통해서 관광을 꼭 시켜드린다. 나 같은 경우에는 식사나 골프 대접을 해 드린다. 갈증이 많은 교민들에게 단조로운 것에서 벗어나서 새로운 활력소가 되는 신앙의 계기가 됐으면 하는 바람이 있어서 서울에 계시는 목사님들 자주 초대하는 것이다. 또 목사님의 입장에서 휴가를 겸해 현지 교민들을 위해서 며칠을 할애하시면 얼마나 좋은 일인가. 열악한 교회들은 목사님을 모실 만한 경비가 없으니까 오셨을 때 신문광고를 내서 전교민이 참여하는 부흥회를 열고, 헌금을 모아 정성스레 사례를 드리고 그런 가운데 교회가 성장했다.

유럽순복음 교단은 매년 4박 5일간 부활절 금식 성회를 독일에서 개최한다. 이 집회에 전유럽에서 500~700명이 모인다. 서울에서 매해 다른 강사를 초빙한다. 우리 교회는 200~300명이 버스를 타고 집회 장소로 간다. 런던순복음교회가 제일 많이 참여하고 찬양도 하고 지원도 하고 있고, 16~17시간 버스를 타고 가야 하는 힘든 여정이지만 부흥유럽(Revival Europe)을 위해 기도하는 성도들이 휴가를 제쳐놓고 참여를 한다. 목사님들 챙기는 일에는 권사님들이 최고다. 보따리에 목사님들께 드릴 음식들을 꼭 준비해서 가신다. 그렇게 부활절 성회에 참석하면 유럽에 있는 순복음교회 성도들하고 친교도 이루어지고 뜻있는 부활절을 보낸다.

해외에서는 교회를 안 다니는 사람들은 정보가 늦어지고 소외된다는 느낌을 받기 쉬울 것 같다. 그래서 남자들은 교회에 안 나오는 경우가 있어도 부인들은 다 나온다. 식품유통, 여행사, 태권도, 유치원 영아 교육 등 다양한 업종에 종사하는 사람들이 모이기 때

영
국
촌
놈
이
야
기

*

206

문이다. 그래서 큰 교회일수록 더 커지고 작은 교회일수록 더 작아지는 현상이 생기기도 한다.

최근 우리 교회에 북한 사람들이 많이 몰려오고 있다. 북한 사람이 한국에 망명해서 정착금을 받고 정착을 하면, 한국 사람들이 자녀 유학을 보내는 것처럼 북한 사람들도 유학을 보낸다. 그렇게 탈북자들이 한국 여권을 가지고 영국으로 온다. 그리고는 한국 여권을 찢어버리고 영국에 망명 신청을 하는 것이다. 영국은 망명에 대해서 관대하다. 망명 신청을 하면 심사를 거치기는 하지만 북한 사람들이 변호사를 고용해서 북한에서 지내던 어려운 얘기를 하면 망명허가가 되고 영주권이 나온다. 특별 지원으로 집이 나오기 때문에 다른 소수 민족보다 잘 산다. 그렇게 우리 교회에 나오는 분들이 100여 명 이상이나 된다.

북한에서 망명한 분들은 문화에 대해서 너무 모르니까 교회 성도들이 자원해서 한국 음식 만들기, 케이크 만들기, 미용 기술, 영어, 음악, 미술 등을 강습한다. 자녀들을 위해서도 달란트 교실을 운영하는 등 많은 활동을 하니까 자연스럽게 교회로 모이게 된다.

그런가하면 중국 동포(조선족)들은 한국 사람과 달리 교회에 잘 오지 않는다. 그분들도 대부분이 북한 사람이라고 거짓말을 하고 영국에 망명을 한다. 중국인이라고 망명하면 잘 안 받아주지만 북한에서 왔다고 하면 난민으로 여겨서 난민 허가가 되기 때문이다. 그렇게 영주권이 나오면 다시 중국 사람으로 살아가는 것이다. 그분들은 한인 교회에는 잘 나오지 않는다. 아마 한국인 선교사님들이 중국 동포들만의 목회를 하는 교회에 나가는 것 같다. 중국 동포들은 대부분 한국 기업이나 가정 일을 하며 먹고 산다. 낡은 집을 사서 수리할 때 일꾼들이 필요하니까 목수, 도장 같은 막일들을 열심히 하며 살아간다.

영국의 한국 이민 사회는 한국 교포, 주재원, 유학생, 망명한 중국, 북한 동포로 이루어 졌다고 볼 수 있다. 제일 많은 부류가 유학생이고, 그 다음이 교포, 주재원, 망명한 중국 동포, 북한 사람 순이다. 미국의 경우는 미국 교포가 제일 많고, 그 다음으로 주재원, 유학생 순인데 영국은 삼각형이 거꾸로 된 것처럼 유학생이 가장 많다. 현재 유럽에서 제일 많은 한국인이 거주하고 있는데 비공식적으로 약 4만 명 정도로 추산하고 있다.

"요셉을 양 떼같이 인도하시는 이스라엘의 목자여 귀를 기울이소서 그룹 사이에 좌정하신 자여 빛을 비추소서 에브라임과 베냐민과 므낫세 앞에서 주의 용력을 내사 우리를 구원하러 오소서" (시편 80:1~2).

아삽의 기도는 이스라엘 이라는 전 민족을 대상으로 하고 있다. 각 지파의 이름을 아뢰며 그 공동체를 위해 간구한다. 우리는 흔히 기도를 개인기도로 마치고 그 이외의 기도에는 인색하다.

한인들이 영국 사회에서 번창하며 그리스도를 전하는 일꾼 되도록 인도하시기를 나는 기도한다. 내가 사는 영국의 발전을 위해 서도 기도한다. 아침 저녁 회사로 출퇴근하는 길에 북한대사관이 있다. 나는 차안에서 북한대사관을 지날 때 기도한다.

"하나님 아버지, 북한대사관이 영국에서 민주주의의 좋은 점만을 배워가서 북한 동족들이 자유를 누리고 잘 살 수 있게 도와주시옵소서."

담배와 술을 끊다

• • •

　초창기에 떡집에서 비즈니스 시작했을 때 하나님이 축복해주셔서 장사가 잘 되던 시절에 서울에서 데려 온 직원이 한 명 있었는데 정말 열심히 일을 했다. 당시는 믿음이 성숙하지 못할 때였다. 그렇게 하루 종일 일을 하고 저녁이 되어서 배가 출출해지면 그 직원과 둘이서 땅콩을 안주로 해서 위스키 한 병을 다 비워버렸다. 그렇게 술이 취하면 취한 그대로 차를 몰고 집에 갔다. 운전이 될 리가 없었다. 마침 비번이던 경찰이 내 뒤에 오다보니까 내 차가 비틀비틀 하는 것을 보고 우리 집까지 따라와서 나를 현장에서 구속했다. 그래서 면허가 취소되었다. 영국에서는 면허가 취소가 되면 그 사실을 이웃들에게 알리는 것 같다. 경찰이 감시를 하기도 한다. 그렇게 운전면허 취소되어서 택시를 타고 다니거나, 아내가 대신 운전을 해 주었다.

그래서 일주일간 택시를 타고 다니다가 하루는 내가 직접 차를 몰아도 괜찮을 것 같아서 운전을 했는데 골목에서 기다리고 있던 경찰에게 또 걸렸다. 이번에는 무면허 운전으로 걸린 것이다. 변호사를 고용해서 법원으로 갔는데, 면허 취소 기간이 6개월에서 1년으로 늘어났다. 그리고 몇 개월 후 면허 취소 기간 중에 또 한 번 술을 먹고 운전을 하다가 무면허에 더해 음주운전으로 또 적발되었다. 세 번 연속으로 걸린 것이다.

그래서 영창에 들어갔고 정식으로 법정 판결을 받게 되었다. 그런데 판사가 판결을 하는데, 나에게 당신은 오늘 정말 행운의 날이라며 원칙적으로는 징역을 받아야 마땅하지만 한 번 더 기회를 주기 위해서 사회봉사 3개월에 면허정지 2년으로 판결을 내겠다고 했다. 가까스로 징역을 면했지만 큰 페널티를 받은 것이다. 이런 것을 누구에게 얘기할 수 있겠는가? 교회에서 집사 직분을 맡고 있는데 음주 운전으로 걸렸다는 얘기를 교회에 할 수 없었다. 그래도 교회는 가야 하니까 교회에 갈 때는 아내 차를 타고 가고, 올 때는 다른 사람 차를 얻어 타서 오고 그랬다.

또한 사회봉사로 토요일마다 지체 장애 아이들과 함께 강당이나 공원에 가서 하루 종일 놀아 주었다. 같이 밥도 먹고 운동도 했다. 나는 몸이 불편한 아이들의 침을 닦아주고, 웃게 해주기 위해서 장난감을 흔들어 주었다. 그 아이들이 웃는 모습을 보면 내가 기뻤다. 정신은 온전하지만 몸을 뜻대로 가눌 수 없는 아이들과 시간을 보내면서 행복해지는 나를 발견했다. '하나님께서 나에게 이런 은사를 주셨구나.' 하고 마음속에서 우러난 봉사를 했다.

나중에 3개월의 봉사 시간을 마쳤는데 매니저가 나를 불렀다. 앞으로 일주일의 봉사 기간이 더 남았지만 나의 성실한 태도를 보고 사회복지 상담원에게 추천서를 써주겠다고 했다. 그래서 3개월 중에 일주일을 일찍 끝냈다. 그렇게 사회봉사 기간이 끝나서도 얼마 동안을 아무도 모르게 나는 토요일마다 계속 봉사를 했다. 지체 장애 아이들하고 함께 시간을 보내며 이렇게 좋은 제도를 우리나라에도 소개하면 좋겠다는 생각이 들어 한국 기관에 건의도 했다.

나의 인간적인 생각과 교만으로 운전면허를 박탈당했는데도 모면할 수 있을 것이라는 위험한 사고방식으로 살았는데도, 하나님께서 나를 불쌍히 여기사 마지막 순간에 징역살이를 면하게 해 주신 것이다. 또한 봉사활동 커뮤니티를 통해서 측은한 마음을 들게 해 주셔서 결국에는 술을 끊게 하셨다. 하나님께서 징역살이까지 가지 않게 나를 지켜주신 것을 깨닫고 이제는 술을 끊어야겠다는 생각을 갖게 된 것이다.

나는 담배도 엄청 많이 피웠었다. 하루에 2갑 정도를 피웠다. 팩스를 쓰기 시작하면서 담배를 물고, 끝내면서 또 하나를 물 정도로 지독한 애연가였다. 담배 끊으려고 수차례 결심을 했지만 언제나 작심삼일이었다. 비싼 라이터를 사서 담배와 함께 연못에 던지면 담배를 끊을 수 있다고 그래서 비싼 듀퐁 라이터를 사서 담배와 함께 연못에 던진 적이 있는데도 끊지 못했다.

그런데 하나님께서 허락해 주셔서 런던 버윅(Berwick)에 빌딩을 사고, 빌딩 보험을 들기 위해 보험 회사 직원이 왔다. 내 신상을 다 묻고 마지막으로 나에게 담배를 피우냐고 물었다. 담배를 안 피우면 보험료가 10퍼센트가 적어진다는 것이었다. 그래서 그렇게 담배를 많이 피우면서도 월 프리미엄을 적게 내려고 담배를 안 피운다고 거짓말 했다.

그 사람이 가고 난 후에 가만히 생각을 해 보았다. 내가 보험을 가입 했는데 담배를 피우지 않는다고 거짓말을 했다. 그런데 내가 어느 날 갑자기 죽으면 보험 회사에서 내 병원 기록을 보고 사인이 무엇인지 알아 볼 텐데 사인이 담배하고 연관이 있다고 하면 거짓말한 것이 들통이 나서 보험혜택을 못 받을지도 모른다는 생각이 들었다.

'내가 죽고 보험 혜택을 못 받으면 융자 받은 것을 어떻게 갚을까. 그러면 이 건물도 다 날아가고 우리 집은 망하게 되겠다.'

그때 나는 지금이라도 담배를 끊어야 되겠다는 결심을 했다. 돈 때문에 담배를 완전히 끊은 것이다. 돌이켜보니 하나님께서 내가 돈을 좋아하는 것을 아셨던 것 같다. 그래서 보험 회사를 보내서 내게 거짓말시키게 하신 것이 아닌지….

하나님께서는 우리 머리카락까지 세시는 분이다. 이렇게 내게 제일 맞는 치료약으로 술과 담배를 끊게 하셨다.

4부 _ '떠나라'

🧑 회사를 분사하다

...

　내 꿈은 한국 사람으로서 영국에 회사를 차려서 하나님께서 축복을 해주신 회사를 통해 한국 사람들이 영국에서 정착할 수 있도록 돕는 것이다. 그 사람들이 결혼을 하고, 자녀를 양육하고, 비즈니스를 할 수 있도록 거쳐 가는 장소로 만들겠다는 것이다. 그렇게 우리 회사에 한국에서 젊은 사람들을 데려와서 독립을 시킨다. 그들이 영주권을 받고 시민권을 받아서 영국에서 자립해서 사는 모습을 보면 참 보람이 있다.

　우리 회사의 장점은 직원의 90퍼센트가 기독교인이기 때문에 기도하면서 비즈니스를 한다는 것이다. 가령 버밍엄페어를 준비하기 위해서 야근을 할 때에도 어떤 직원은 기도하면서 샘플을 준비한다.

"이 주얼리 샘플이 버밍엄에 전시가 돼서 바이어들이 오더를 많이 하도록 해주세요."

이렇게 기도를 하면서 쇼를 준비를 하는 것을 보면 참 고맙다.

우리 회사는 팀별로 구성이 되어서 년말에 파트별로 이익을 계산해서 평가하고, 그 이익의 50퍼센트를 회사의 자본금으로 집어넣고 나머지 50퍼센트는 담당 팀에서 갖는다. 5년 동안 이 원칙을 지켜왔다. 가령 스카프에서 10만 파운드 이익이 나면 5만 파운드는 회사에 재투자비용으로 넣고 5만 파운드는 직원들끼리 나누어 가진다. 그래서 경쟁적으로 일을 하게 되는 것이다. 때문에 직원들이 열심히 일해서 많은 이익을 창출해서 가져가야겠다는 생각을 한다. 열심히 하고자 하는 성취욕을 일깨우는 것이다.

어떤 직원은 내가 출장을 가면 새벽 2시에 내게 전화를 한다. 그렇게 열심을 내서 일을 했다. 내가 런던 한양 지점장으로 있을 때 '오늘은 본사에서 어떤 텔렉스 오더가 와 있을까.' 하고 마음을 설레며 들어갔던 것처럼 직원들도 그런 마음으로 일을 하게 되니 매일매일이 즐겁다. 그것이 조직이 일을 하는 것이다. 그런데 어떤 회사를 보면 매출이 늘고 수입이 많아져도 오너가 자기 몫만 챙기고 직원들한테 인색한데, 그러면 직원들은 그 회사를 떠난다.

내가 항상 직원들에게 한 말이 있다. "내가 70세가 되어 은퇴할 때 이 회사를 너희들에게 주겠다. 나는 그동안 하나님께서 많은 축복을 주셔서 부동산도 주시고 돈도 벌게 해 주셨는데, 그런 회사를 이끈 것은 당신들이니 물려주겠다."는 뜻을 상기시켰다. 직원들은 '사장님이 일 잘하라고 그냥 하는 얘기겠지. 그때 가서 마음 바뀌면 안하시겠지.' 라고 생각하고 실감이 나지 않았을 것이다. 그렇지만 나는 작년 11월 1일부로 새 회사를 설립해서 담당 팀장들에게 회사를 다 나눠주었다. 그래서 스카프 담당은 스카프 사장이 되고, 가발 담당은 헤어피스 회사의 사장이 되고, 안경 담당은 안경 회사 사장이 되고, 백화점 체인 스토어는 체인 스토어 사장이 되었다. 각 팀의 팀장이 새 회사의 사장이 된 것이다. 그리고 나는 회사에서 완전히 손을 뗐다.

2014년 1월 1일 부터는 본사에서 분산을 시켜 각 회사는 다른 장소를 임대해서 나가 독립 운영을 시작했다. 회사를 나눠준다고 하면 그 사람들이 무슨 자본이 있겠나? 재고가 있어야 장사가 되기 때문에 회사가 가지고 있는 재고들을 전부 같이 넘겨주었다. 그동안 거래해온 거래선까지 조건없이 다 넘겨주었고, 해당거래선에 새 회사를 잘 부탁한다고 전화를 걸어줬다.

내가 재고를 넘겨주면서 "이것을 자본으로 해서 일어나라. 단 이것을 다 팔고 성공을 해서 당신들이 은퇴할 때는 자식에게 물려주지 말고 사회에 환원해야 한다"는 약속을 받았다. 옛날에는 칼같이 퇴근하고 법정휴가 다 챙기던 직원들이 이제 회사가 자기 소유가 되자 휴가를 반납하고 자정까지 열심히 일하는 것을 보고 나는 내가 한 행동에 자부심을 느낀다.

11월 2일인가 직원에게 이메일이 왔다.

회장님, 회사 이름과 장소도 다 바뀌고 독립 경영을 하면서 오늘 첫 번째

내 회사의 인보이스를 내보냈습니다. 눈물이 났습니다. 감사합니다. 열심히
해서 성공 하겠습니다.

그 이메일을 받고 나도 감격했다. 25년 동안 하나님의 은혜로
쌓아온 회사에서 일하던 사람들이 이제 새 주인이 됐고, 앞으로
10년 후에는 더 크게 성장해서, 내가 이루지 못했던 큰 회사로 키
워 주식 상장도 이루고, 더 크고 전문적인 회사를 만들도록 하나님
께서 하실 것이라는 믿음이 생겼다. 그렇게 2013년에 모든 회사
를 정리했다.

우리 회사의 직원들은 서울의 대기업처럼 채용 공고를 내고 몇
십 대 일의 경쟁을 통해 뽑는 그런 직원들이 아니다. 직원이 필요
할 때마다 인터넷으로 공고를 내면 유학 와서 어렵게 공부하는 한
국 학생들이 학비를 벌기 위해 찾아와서 일을 한다. 그러다가 내가
괜찮다고 생각이 들고, 그들이 영국에서 살며 근무할 의향이 있다
고 하면 취업허가증(Work Permit)을 내주고 고용을 한다. 입사
시험을 치루지 않았지만 정말 똑똑한 사람들이 왔다. 하나님께서
다 인도를 해주셔서 우리 기업에 훌륭한 인재들을 보내 주셨다.

한 번은 나중을 대비해 관리자를 키워야겠다는 생각이 들어서
서울에 갔다. 그때 대우건설이 어려운 상황이었는데, 서울을 방
문해서 대우에 있는 과거 동료를 찾아가서 영국에서 중간 관리자
로 키울 만한 쓸만한 사람이 없는지 물었다. 이욱주라는 사람을 추
천받았다. 오스트리아 린즈(Linz)에 파견 나가 있던 사람인데 캐
나다 이민을 준비하고 있다는 것이었다. 연락을 해보니 캐나다에

서 며칠 후에 돌아온다고 했다. 며칠 후에 이욱주 씨를 만났다. 캐나다에 이민을 가려고 1차 조사(Survey)를 하고 왔다는 것이다. 이욱주 사장에게 우리 회사를 설명해 주고 중간관리인으로 오는 것이 어떻겠냐고 제안을 했다. 그는 과장 때 대우 영국 지사에 파견 근무를 한 적이 있기 때문에 영국을 잘 알았다. 회사에서 독립해서 캐나다로 이민을 하려고 하던 차에 내가 영국에 오라는 제안을 하니까 아내도 좋아할 것 같다고 했다. 나는 한 가지 제안을 했다. "그런데 내가 당신을 좋아하지만 내 비즈니스를 잘 모르지 않느냐. 3개월 동안 중국에 있는 에이전트한테 가서 우리가 하는 일이 무엇인지를 알아 보고 네가 이 일을 정말로 할 수 있다고 생각이 되면 그때 결정하자."고 얘기를 하고 중국 에이전트한테 보냈다. 이욱주 씨는 중국에서 3개월을 무사히 버텼다. 대그룹의 비서실장까지 하던 사람이 중국에서 3개월을 견뎌내라는 내가 준 숙제를 완수를 한 것이다. 그래서 취업허가증(Work Permit)을 내주고 무조건 영국으로 오라고 했다. 하나님께서 정말 좋은 사람을 나한테 보내주셨다. 세일즈는 물론, 인간성이 참 좋은 사람을 보내주셔서 모든 직원이 그를 따르고 존경했다.

회사가 조금 더 크자 사장급의 사람이 한 명 더 필요했다. 동창중에 한 사람이 자기 친척을 추천했다. 삼성 법인장을 하던 정태영이라는 사람인데, 중국 천진에서 근무를 하다가 귀국했다는 사람을 추천받아서 서울에서 만났다. 영국에 올 생각이 있냐니까 생각해 보더니 흥미가 있다는 것이다. 나는 그에게 또 제안을 했다.

"그런데 조건이 있다. 당신이 영국에 와서 한 달 간 근무를 해본 후에, 그래도 해보고 싶다면 그때 결정하자."

정태영 씨는 영국 우리 집에서 한 달 동안 머무르면서 회사를 살펴보고, 마지막 날에 영국으로 오기로 결정을 했다. 법인장까지 한 사람이기 때문에 회사에 전망이 없으면 오지 않았을 텐데, 흔쾌히 일하겠다고 해서 그 사람도 취업허가증을 내고 채용했다. 정태영 씨는 경영과 분석에 탁월한 능력이 있었다. 이렇게 중간 관리자로 참 좋은 사람들을 일찍 키워서 모든 걸 맡길 수가 있었다.

그런데 다른 회사들은 중간 관리자를 못 키워서 나이가 많아서도 아직까지 일에 붙잡혀 꼼짝을 못하는 사장들을 본다. 나는 비즈니스는 조직이 하는 것이지 개인이 하는 것이 아니라는 소신을 일찍부터 대기업에서 배웠기때문에 일을 수월하게 진행한 것 같다.

하나님께서 보내주신 사람들이 오니까 회사 분위기가 너무 좋았다. 나는 한국에서 인턴을 꼭 받는다. 대학 졸업생들이 6개월 동안 우리 회사에 와서 근무를 하고 서울로 돌아 갈 때 마지막으로 직원들 다 모아놓고 영어로 브리핑을 하게하고, 인턴이 자기가 영국에서 배웠던 일, 앞으로의 비전들을 다 영어로 발표하게 한다. 그리고 근무한 소감을 꼭 묻는다. 그때 내가 인턴에게 사적으로 우리 회사에 대한 분위기와 생각이 어떠냐고 물으면 아이들이 이구동성으로 회사 분위기가 너무 좋고 선배들이 지도를 잘 해주고 헌신적으로 도와주셔서 너무너무 감사하다는 말들을 한다. 나도 앞으로 비즈니스를 한다면 이런 회사를 차리고 싶다고 하는 이야기도

들었다.

탁월한 중간 관리자를 데려오고, 회사경영을 컴퓨터로 분석해서 발표하니까 모든 직원이 스스로 따라온다. 일을 처리하는 방향이 생산적이며 분석적이고, 직원들이 회사가 돌아가는 것을 충분히 알고 서로가 서로를 격려해 준다. 나는 항상 이렇게 말한다.

"우리 회사는 당신들이 영국에서 살 터전을 마련하고, 결혼하고, 자녀 양육을 할 수 있도록 하는 운동장이 되어줄 것이다. 당신들은 그 위에서 마음껏 놀아라."

내가 내 일을 한다는 것은, 남의 일을 해 준다는 것보다 200퍼센트의 에너지를 발산하게 한다. 결국 회사를 발전시키게 하고 성장하게 한 것은 내가 아닌 우리 직원들의 힘이었다. 그 사람들에게 박수를 쳐주기 위해서 '내가 손해를 보고 마치자.'라는 생각으로 분사를 완료했고, 조그만 중소기업을 경영하는 경영인으로서 아름다운 마침표를 찍고 싶었고, 지금도 그 일은 내가 잘했다고 생각을 하고 하나님께 감사하는 일이다.

나는 직원들에게 비즈니스에 대해서 이렇게 설명한다.

"컵에 주전자의 물을 따르면 계속 부어야 한다. 비즈니스도 그와 같다. 자금을 계속 부어야 한다. 1천 파운드 이득이 나도 그대로 계속 투자를 해라. 물이 컵에 다 차서 흘러내릴 때가 있다. 그때가 바로 돈을 버는 때이다. 그러니 비즈니스 할 때에는 절대 중간에 돈을 빼려고 하지 말아라. 투자를 하다 보면 언젠가는 돈을 벌게 된다."

나도 처음 내 사업을 시작할 때 3~4년간 월급을 가져간 적이 없었다. 내가 손해 보면 나중에 회사가 발전한다고 얘기를 했다. 그래서 그런 각오로 사장들이 일을 한다. 거래처들을 함께 넘겨주었기 때문에 게으름을 피우지 않고 열심히 일하다 보면 회사는 망하지 않을 것 같다. 내 인생의 마지막을 정리하게 되어서 마음이 홀가분하다.

나 같은 죄인에게 하나님이 거겨 주신 열매를 우리 직원들에게 그대로 물려주는 것은 당연한 일이라고 생각하며, 만일 누가 내게 어떻게 은퇴를 쉽게 할 수 있었느냐고 묻는다면 말하고 싶다.

"내가 손해 보면 됩니다."

한국인으로 영국에 산다는 것

...

    대개 교포들이 영국에서 하는 사업은 여행사, 음식점, 식품점, 제과제빵, 이발소, 미장원, 술집, 식당 등으로 한국인과 한국 관광객 상대로 하는 일이다. 영국 사람을 상대로 사업을 한다는 것은 어려운 일이다. 물고기는 맑은 물보다 흙탕물에 많이 꼬인다. 이 영국사회는 맑은 물 같다. 그래서 새로운 사업이 발을 내리기가 어렵다. 영국 사람들은 할아버지가 하던 주유소를 아버지가 하고, 아버지가 하던 것을 아들, 손자가 이어 갈 정도로 보수적이고 전통적이기 때문에 새로운 주유소가 생기고 가격이 저렴하다고 해서 그리로 가지 않는다.

    한국 같으면 새로운 백화점과 마트가 생기면 모두 차를 끌고 가는데, 영국은 로컬의 가게, 백화점을 이용하지 구태여 차를 몰고 큰 시내에 가지 않는다. 모든 주민이 지역 상점을 이용하기 때문에, 영국 사람들만의 유대 관계가 있다. 이런 세계에서 비즈니스를 새로 시작하려면 아이템을 잘 찾아야 한다. 아이템을 찾기 위해서는 끈기가 있어야 하는데 나 같은 경우에는 준비도 안 된 상태로 기도 중에 친구에게 연락이 와서 한국에서 인조 다이아 제품을 가져온 것을 계기로 해서 패션 계통에 발을 디딘 것이 하나의 행운이었다.

또 이런 경우가 있다. 영국에 진출한 삼성, 럭키 등의 큰 회사에서 근무하던 사람이 퇴직을 하고 독립하면서 대기업들과 스페셜 계약이 되었다고 하자. 그러면 굉장히 사업이 커진다. 그렇게 몇 년을 하다가 종속 관계에서 벗어나 별도로 사업을 하도록 허가가 나면 사업이 더 커지는 것이다.

그리고 한국식품 장사는 한국인에게 없어서는 안 될 필수적인 것인데 한국 물건을 CJ, 롯데, 진로 등에서 가져와서 영국 창고에 놓고 각 음식점 식료품점에 배달을 하거나 한국식품점을 통해 판매하거나 동시에 중국 홀세일러(도매업자)들한테 팔기도 한다. 요즘은 아시아 음식이 건강에 좋다고 하니까 영국 슈퍼마켓에서 일부 아시안 음식을 취급하기도 하는데, 라면이나 아시아에서 들어온 것을 납품하는 큰 회사들이 있다. 또 중국에서 수입한 물건을 파는 한국 사람들이 많이 생겼다. 중국 물건들이 싸니까 많은 사람들이 중국에 직접 가서 물건을 들여온다. 또 동대문 시장에서 옷을 가지고 와서 파는 분도 계시고, 뉴욕이나 남아프리카에서 가발 공장을 크게 하는 사람들이 영국에 재고를 파는 경우도 있다. 한인 신문사들, 지역 신문사들도 꽤 많다. 신문사들은 식품점, 하숙집,

세탁소, 교회 등에서 광고를 받는다. 유학생들은 미니캡 운전을 한다. 영국은 택시가 있고 우리나라의 콜택시 같은 미니캡 회사가 있는데 라디오 콘트롤(Radio Control)을 사서 차에 두고 손님이 요청한 장소에 가서 태워간다. 어른들도 미니캡을 하시는 분들이 많다. 한국 교민들을 상대로 보험을 하는 사람도 많다. 골프를 좋아하니까 골프 가르치는 사람들도 있고, 가디언이라고 해서 서울에서 영국으로 아이들만 공부시키기 위해 보내는데, 그런 아이들을 홈스테이하면서 학교에 보내고 관리하는 사람들이 있다.

유학생 중에 훌륭한 학생들도 많다. 영국 왕실기관에서 예술분야로 활동하는 뛰어난 한국 인재들이 있고 국악을 하는 분들도 있다. 유명한 외국 회사에 근무하는 변호사들도 있다. 유학생들의 학업 분야는 다양하다. 지금은 패션 공부하는 유학생들이 많지만 예전에는 호텔경영을 공부하는 유학생이 많았고 경영학을 전공하는 사람도 많았다.

한국 부모들은 기를 쓰고 옥스퍼드나 캠브리지에 보내려고 한다. 임페리얼은 공과 대학으로 유명하니까 그런 곳을 보내려고 하기도 한다. 그런데 정작 영국 사람들은 한국인들과 개념이 달라서 그런 학교를 보내려고 하지 않는다. 우리 아이들 진로를 상담할 때 선생님한테 가서 "우리 애를 어디로 보내면 좋겠습니까?" 물으면 선생님이 자녀를 어떻게 기르고자 하는지 부모의 의향을 먼저 물었다. 대부분 한국인 부모들의 생각은 유명한 대학인 옥스퍼드, 캠브릿지에 보내는 것이다. 그래서 좋은 학교를 보내달라고 하면 선생님이 "그 학교 참 좋죠. 그러나 그 학교는 너무 아카데믹한 것으로 쏠리기 때문에 저는 추천을 하고 싶지 않은데요."라는 이야기를 한다. 한국 사람들은 아카데믹하다는 말이 공부를 잘 한다는 것으로 알고 그 학교를 꼭 보내달라고 부탁한다. 그런데 영국 사람들은 절대 아카데믹만 강조하는 학교에 안 보내고, 인성 교육과 취미 활동으로 적성을 길러 주는 학교를 아카데믹한 학교보다 선호한다.

일류대학만을 주장하는 한국 사람들의 생각이 옳지만은 않다고 생각한다. 우리 아이들만 해도 엄마, 아빠 때문에 옥스퍼드, 캠브리지를 다니며 고생했고, 재미없고 지루한 변호사 일을 한다고 말한다. 아들은 글을 쓰고 싶다고 말한다. 그러면 나는 "작가가 되는 게 얼마나 힘든 일인 줄 아냐? 베스트셀러가 되려면 힘들어."라고 대답한다. 아이가 영문과를 나왔으니까 글을 쓰는 게 자연스러운 일인데 부모가 로스쿨로 진로 변경을 해서 변호사를 만든 것이다. 지금도 그 녀석은 항상 변호사일 그만 두는 게 자기 목적이라고 말한다. 하지만 지금은 결혼을 해서 가정이 있으니까 그만두지 못하고 있는 것 같다. 첫째 딸은 변호사를 하다가 사표를 냈다. 그리고 자선단체 일을 하겠다고 하는데 우리 부부는 이해할 수 없다.

내 영국 친구의 아들도 우리 아이와 같은 캠프리지를 졸업했는데 뭘 하느냐고 물어봤더니 아들이 캠브리지를 졸업하고 요리사가 되려고 주방에서 요리법을 배우고 있다고 하는 것이다. 내 상식으로는 전혀 이해가 되지 않았다. 어떻게 캠브리지를 나와서 주방장이 되려고 할 수 있을까? 그런데 그 친구는 그것이 행복하다는 것이다. 그런 자유롭고 독립심을 길러주는 것이 영국인들의 자녀 교육 철학인 것 같다.

한 번은 우리 집을 고치려고 영국 건축가를 고용했다. 부부가 함께 와서 일을 하는데 하루는 젊은 청년 둘을 데리고 왔다. 자기 딸들을 파트타임 시키러 왔다는 것이다. 딸은 회계사인데 준비가 끝나고 회사가 정해지지 않았는데, 휴대폰을 하나 사달라고 하기에 휴대폰을 사주는 대신 일을 해야 한다고 일을 시킨다는 것이다. 영국은 18세 이상이면 자식에게 돈을 주지 않는다. 그래서 딸은 어디 사느냐고 물었더니 회계사로 가기 전까지 방값과 전기세를 받고 같이 산다고 했다. 정말 철저하다. 또 우리 옆집에 90세 되신 할머니가 계시는데, 일 년에 자식들이 두세 번 찾아온다. 부활절 때 한 번, 그리고 성탄절 한 번. 할머니는 돈이 없으니까 불을 어두워질 때까지 켜지 않고 사신다. 저녁에 정원 앞에서 책을 보시는 모습을 보면 너무 쓸쓸해 보인다. 부모가 늙었을 때 아이들이 와서 왕래하고 효도하는 것을 보면 한국이 좋은 것 같기도 하다. 요즘은 한국에서도 그렇지 않다고들 하지만, 한국의 그런 경로사상, 효문화들은 계속 됐으면 좋겠다.

해외에서 한국 사람으로 산다는 것은 뭐랄까, 육체적으로 또 시간으로 자식들을 위해서 희생의 삶을 사는 것 같다. 그렇게 열성을 가지고 온 부모들이 많다.

나는 아이들 교육때문에 영국에 남게 되었다. 그러나 먹고살기 위해 시간으로 떼우고 몸으로 버티다 보니 정작 자녀들에게 신경을 쓸 사이가 없었다. 새벽에 나가 아이들이 잘 시간인 저녁 늦은 시간에 들어오곤 했다. 아내도 마찬가지로 돈을 벌러 하루 종일 집을 비워야 했으니 우리 아이들은 자기들이 스스로 모든 것을 해야 했다. 아이들과 대화를 나누고 사랑을 전할 기회가 없었다. 아이들을 위해 희생한다고 했지만 정작 아이들과의 소통이 없었으므로 우리는 그런 면에서 실패를 했다고 생각한다. 나는 아이들에게 자주 이점을 미안하게 생각한다고 얘기한다. 진심으로 속죄하는 애비의 마음을 우리 애들이 받아주기를 기도한다.

OKTA

...

OKTA라는 '해외무역인 협회(overseas korean traders associations)'가 있다. 나는 그 협회의 유럽 부회장을 맡았다. 한국 무역회사들이 재외 동포 재단과는 다른 차원으로 한국 물건을 수입해서 해외에 팔고 정부에 기여를 하니 정부에서 예산도 나온다. 대한민국 정부는 유일하게 사단 법인으로서 옥타를 지원해 준다.

옥타에서 1.5세대 2세대들에게 차세대를 교육을 시키는데, 7월에 무료로 한국에 보내 한국을 알게 하고 무역에 대한 교육을 시킨다. 산업시설을 견학시키고 대학에서 강사들을 초대해서 비즈니스를 강의해 준다. 옥타 회원 중에 성공한 사람들이 자신의 성공 스토리도 들려준다. 그러면 모두들 흥미로워한다. 그리고 과정이 끝나면 서로 네트워크 형성을 해서 전세계 옥타 차세대들이 활발

하게 교류를 한다. 이번에 유럽 통합 차세대 스쿨이 8월 15~17일에 바르셀로나에서 열렸다. 나도 강사로 참여해서 경험담을 들려주었다. 바르셀로나의 지회장이 유럽을 대표해서 자기가 열심히 해보겠다고 해서 후원금도 지원했다. 영국, 독일, 노르웨이, 스톡홀름, 핀란드, 체코, 스웨덴 등 각 유럽의 옥타 지회장들이 다 왔다. 한 지회에서 대여섯 명의 차세대 교육생을 차출해서 보내주었다.

교육이 끝나면 교육생들 졸업식 때 옥타 회원들이 참석하여 악수하고 박수쳐 주고 그리고 식사도 같이 한다. 그러면 한국 대사나 코트라 관장도 와서 축하해 주고 한국적인 끈끈한 정서가 이루진다. 인원은 50명 정도이고 방학 기간이기 때문에 광고를 내면 상당히 많은 사람들이 지원한다. 부모들은 자녀들이 매일 영어만 쓰니까 한국말을 좀 배워야겠는데 옥타에 오면 한국 사람들이 한국어로 한국적인 마인드와 문화를 가르치기 때문에 꼭 보내려고 한다. 재작년에는 군대 경험을 한다고 1박 2일로 군대에 가서 군복을 입고 총도 직접 쏴 보는 등 군 훈련 체험도 했다고 한다. 선발 기준은 유럽뿐만 아니고 전 세계적으로 차세대들이 지원할 수 있다. 그런데 예산이 적으니까 몇 군데에서만 열린다. 비행기 티켓을 무료로 제공해주고 서울로 보내기 때문에 하나의 특전이라고 할 수 있다. 옥타의 차세대 교육은 한국의 어느 기관에서 하는 것보다도 제일 잘한다고 지식 경제부가 평가를 내렸다.

옥타는 인턴 사업도 한다. 옥타 회원들은 한국 사람으로서 해외에서 무역을 하고 있는 사람들이 모인 단체이다. 해외 인턴으로 가보면 검증이 되지 않은 회사에서 창고만 지키고 벽돌만 쌓고, 그

릇만 닦다가 오는 경우가 많다고 한다. 그런데 우리는 인턴은 절대 노동을 시키지 않고 무역에 대한 업무를 시킨다는 원칙이 있다. 그 렇기 때문에 능력이 있는 사람만 인턴으로 데려가고, 다녀오면 아 이들이 레포트를 써서 인터넷에 보고서를 올리는데 잘못하면 협 회가 비난을 받기때문에 철저하게 한다.

옥타에서 나온 인턴들은 대우를 잘 받아서 아주 만족해 한다. 정 부에서 지원을 해주기 때문에 숙식비 정도는 현지에서 제공이 되 어서, 남는 돈으로 관광을 하기도 한다.

금년 4월에도 제주도에서 옥타 경제인 대회가 개회되었는데 마 침 불행한 세월호 사건이 생겨 모금을 했고, 400, 500명이 모금 을 해서 1억 원 이상이 모였다. 그래서 옥타와 파트너 관계인 연합 뉴스를 통해 기부하기로 했다.

그뿐만이 아니라 한국의 중소기업들 중에 수출을 하고 싶은데 방법을 가르쳐달라는 사람들이 많다. 그래서 옥타가 코트라나 지 식경제부를 통해 사람들을 모아서 해외마케팅 사업을 한다. 영어 나 현지어를 잘 하는 사람 100명을 한국으로 초대를 해서 중소 기업 270여개 회사에 파견을 시킨다. 그래서 중소기업에서 만드 는 물건을 잘 숙지한 후 그 제품에 대한 정보를 가지고 다시 현지 로 돌아간다. 현지에서 외국인에게 그 물건을 팔아주는 것이다. 금 년에는 국내 교육을 3월 19일에서 30일까지 2주간 했다. 금년에 100명 정도를 276개사에 보냈다. 기업 선정은 코트라나 해외한인 무역협회에서 한다. 우리가 중소기업 공단하고도 협조를 하기도 한다. 정부마케팅, 창업지원, 창업경진대회를 하고 이런 식으로 해서 중소기업을 도와주는 일을 하기 위해 정부 지원금 25억이라는 예산을 쓴다.

옥타 본부는 코트라에 있다. 옥타가 코트라와는 해외에서 서로 협력하고 있고, 현지에 코트라가 파견되지 않은 곳은 옥타 회원이 코트라 업무를 대신 수행하기도 한다.

옥타의 역사는 34년이 되었다. 나는 1997년도에 나종일 영국 대사의 권유로 옥타에 조인했고 상임 감사를 지냈다. 현재 부회장으로 유럽을 담당하고 있다. 2010년 감사로 활동할 당시 감사 과정에서 잘못 집행된 예산에 대한 실랄한 비판을 해서 집행부로부터 따돌림을 받기도 했다. 하지만 회원들로부터 "월드 옥타 역사상 가장 감사다운 감사를 했다"며 명감사라는 칭찬을 받기도 했다. 옥타에 대한 나의 애정을 애둘러 칭찬한 것이라 생각한다.

이제 은퇴를 하면 시간이 많음으로 옥타의 사업에 조금 더 참여할 수 있는 기회가 있을 것으로 보인다.

지난 해 박근혜 대통령에게 "옥타 같은 해외에서 성공한 한국 상인들이 한국의 중소기업을 해외에 소개해 달라"는 제안을 들은 적이 있다. 옥타는 대한민국에 이득이 되는 일을 찾아 오늘도 전세계 6,500명의 회원들이 열심히 뛰고 있다.

참고로 옥타는, 모 최고 경영자가 한 말처럼 "와이프 말고 모든 것을 팔자"라는 구호를 외친다. 그래서 건배사도 "세일, 세일, 세일!"이다.

::: 옥타에서 개최한 제 1 회 차세대 무역스쿨

::: 저자가 운영하는 자선단체 글로리 파운데이션(Glory Foundation)에서 장학생들에게 수여한
   장학증서와 해당 학생들

::: 민주평통 해외자문위원회 위원 자격으로 방문한 청와대에서

은퇴 이후의 삶을 계획하다

...

나의 은퇴준비가 이제 다 끝났다. 아내와 캐나다 알라스카로 한 달 동안 크루즈 여행을 다녀왔다. 70세 고희 자축을 하는 것이다. 그리고 지난 9월에 나는 여의도순복음교회에서 장로 은퇴식을 했다.

2014년에는 내가 모든 일에서 완전히 은퇴하는 해이다. 이제는 은퇴 후의 계획이 나의 기도제목이다. 지난 번에 내가 존경하는 목사님의 교회에 가서 예배를 드리고 나니 목사님이 기도제목이 있냐고 물으셨다. 그래서 "네, 있습니다. 칠순 이후에 무엇을 하고 인생을 살아가야 할지 목적이 불분명합니다. 뚜렷한 목표와 방향을 제시해달라고 기도를 해 주십시오." 라고 했더니 목사님이 간절하게 기도를 해주셨다.

구체적으로 기도하고 있는 것 한 가지는 있다. 우리 회사에서 글로리 재단(Glory Foundation)이라는 이름으로 자선단체 등록을 했다. 어린 시절 등록금을 내지 못해 학교에서 쫓겨난 나는 가난한 학생들에 대한 남다른 동지애 같은 것을 느낀다. 오래 전부터 나는 어렵게 공부하는 학생들을 늘 돕고 싶었다.

내년부터 이 재단을 통해 한국에서 온 유학생들에게 1년에 10만 불 정도의 장학금을 주려고 계획하고 있다. 영국은 법적으로 외국 유학생들이 파트타임으로 근무하는 것을 제한해서 학생들이 스스로 학비를 마련하기 어렵게 만들었다. 교회 안에도 상황이 어려워서 학비를 못 내는 학생들이 있다. 학비를 내지 못하면 추방당하기 때문에 학업 도중에 졸업을 못하고 귀국을 해야 한다. 사정이 기가 막힌 학생들이 많다. 이런 학생들을 도와주면 학업을 잘 마치고 취직을 해서 열심히 살아간다. 이런 일을 하는 것에서 나는 기쁨과 보람을 느낀다.

분사시킨 회사들이 회사의 수입으로 재단을 도와주도록 부탁을 했다. 내가 하나님께 받은 축복을 글로리파운데이션을 통해서 나누었으면 하는 생각이 있다. 남은 나의 인생을 어떻게 하면 의미 있게 보낼 수 있을까 고민하고 있다. 하나님께서 적절한 일을 가르쳐 주실 것이다.

나를 알지 못하는 사람이 나의 지인들에게 '이종구'에 대해 물으면 보통 교회 장로, 성공한 사업가, 자녀 양육을 훌륭하게 하신 분이라고 소개를 해 준다고 한다. 너무 과분한 칭찬이다. 가만히 생각을 해 보니 나는 계속 한 우물을 판 것 같다. 중간에 고비는 있었지만 1982년부터 순복음교회를 등록한 후 계속 한 교회를 다

넜다. 그랬더니 부족한 사람을 장로로 세워 주셨다. 사업도 돈을 좀 벌었다고 해서 다른 비즈니스로 옮기지 않고 패션 주얼리만 취급했다.

처음에는 엄청난 고생이 있었지만 20여 년이 지난 후 동종업계에서 선두주자로 앞장서게 되었다. 나는 젊은이들에게 말한다.

"어려운 장애물이 생기면 기도하라, 그러면서 자신을 불태우라. 날아가는 기러기가 날개쭉지에 신경통이 생겼다는 얘기를 들어본 적 있는가, 산 기슭을 뛰어 넘는 토끼나 사슴이 관절염에 거렸다는 얘기를 들은 적 있는가."

나는 비행기를 탈 때도 한 항공사만 이용한다. 그래서 비행기에 타면 승무원이 제일 먼저 나에게 와서 인사를 한다. 내가 만약 저렴하다고 해서 이 비행기 저 비행기를 탔으면 누가 나에게 와서 인사를 할까? 우스운 이야기이기지만 이런 예를 들어주면서 나는 젊은 청년들에게 한 우물만 파라고 얘기해 준다. 인생을 살면서 예상하지 못한 변화들이 찾아오고 어려운 점이 많지만 끝까지 참고 견디다 보면 꼭 성공을 할 수 있다. 나 혼자서는 아무것도 할 수 없는 연약한 인간일 뿐임을 인정하고 뼈를 묻을 각오로 열심히 일하며 하나님께 매달려야 한다. 내 본성을 나보다 더 잘 아시는 하나님께서 어려움을 당했던 날의 나의 간절한 기도를 들어주시고, 나를 인도하셨다.

"두려워 말라 내가 너와 함께 함이니라 놀라지 말라 나는 네 하나님이 됨 이니라 내가 너를 굳세게 하리라 참으로 너를 도와주리라 참으로 나의 의로운 오른손으로 너를 붙들리라." (이사야 41:10).

내가 가장 좋아하는 구절이다. 응급실에서나 기내에서나 힘들고 외로울 때나 회사나 가정에서나 어느 때든지 이 구절을 묵상하며 하나님을 생각한다. "내가 땅 끝에서부터 너를 붙들며 땅 모퉁이에서부터 너를 부르고 네게 이르기를 너는 나의 종이라 내가 너를 택하고 싫어 버리지 아니하였다"고 하셨다.

한국에 있는 나를 이 머나먼 영국으로 부르시고 버리지 아니하시며 이제까지 나를 인도하심을 생각할 때마다 위의 말씀이 내게 힘을 더하여 준다. 43세에 영국에서 기업을 이루게 하시고, 오늘까지 경제적으로 큰 어려움을 당하지 않게 도와주시고, 세 자녀 중 두 자녀는 변호사로 다른 하나는 선생으로 성공하게 해 주신 것에 감사를 드린다. 그리고 순종하는 아내를 주시고 교회에서 장로로 섬길 수 있도록 하신 이 모든 하나님의 은혜에 감사를 드린다. 너와 다투는 자들이 아무것도 아닌 것같이 될 것이며 멸망할 것이라 하신 것같이 우리 기업과 나를 대적하던 자는 다 다른 길로 가버리고 지금은 사라져 버렸다. 이것도 하나님께서 하신 일이고 또 하실 것을 믿는다. 세금 때문에 어려웠을 때나 상표 싸움으로 High Court에 갔을 때도 때마다 하나님께서 말씀으로 힘을 주시고 도우셨기 때문에 내가 죽지 않고 살았다. 하나님 때문에 내가 존재한다. 어제도 오늘도 내일도 동일하게 나와 함께하실 고마우신 하나님을 영원히 찬양하고 감사드린다.

새로운 장로가 세워지다

...

부족한 사람이지만 나의 헌신을 통해서 교회가 발전했고 또 하나님께서 나를 사용하셔서 비즈니스를 이루게 해주셨다. 여러 가지 분야에서 중요한 직책을 맡게 해주셨지만 이제는 물러날 때다. 예전부터 고민하고 있었지만 나의 역할들을 물려주어야겠다는 생각을 해왔다. 그래서 제일 처음으로 교회의 장로 직분을 내려놓았다.

나는 열정이 있고 추진력이 있어서 어떤 일을 진행하면 열차처럼 달려가기 때문에 나의 열성을 따라 올 사람이 없었다. 교회에서는 모두들 나를 터줏대감으로 생각을 했기 때문에 나로 인해 교회 발전에 어려움이 있다는 생각을 했다. 나 때문에 장벽이 생기게 된 것이다. 목사님도 나한테 말하기를 꺼려했다. 집사님들과 청년들도 나를 떠받드는 분위기이기 때문에 나 스스로도 좋은 현상이 아니라고 생각했다. 그래서 장로 직분을 일찍 내려놓으려고 하니 막상 내 역할을 대신 해주실 분이 없어서 고민이었다.

그런데 3~4년 전에 다른 교회에 출석하시던 어떤 장로님이 우리 교회로 교회를 옮기셨다. 장로가 교회를 옮긴다는 것은 참 어려운 일이다. 그런데 특별한 상황이 일어났다. 런던의 한 장로교회가 목사님의 금전 문제로 인해 성도들이 다 흩어지게 되었는데, 처음에는 그 집의 딸이 먼저 우리 교회에 출석해서 청년예배를 드렸다. 몇 주가 지나고 부모들이 딸에게 그 교회에 대해서 묻게 되고, 딸이 너무 좋다고 하니까 본인들도 확인차 몇 번 출석하다가 생각보다 교회가 괜찮았던 것이다. 그래서 와해된 교회에서 우리 교회로 옮기기를 희망했다 당시 우리 교회는 부흥을 많이 해서 규모가 커진 상태였고, 되도록 다른 교회에서 성도가 이동해 오는 걸 반기지 않았다. 교회간의 갈등의 씨앗이 될 수 있기 때문이다. 그래서 목사님이 주일 예배 후에 이렇게 말씀하신다. "오늘 우리 교회에 오신 분들을 환영합니다. 그런데 만일 섬기고 있는 교회가 있다면 돌아가셔서 섬기는 교회에 충성하시기 바랍니다. 그러나 교회를 새롭게 정하시려고 오셨다면 저희 교회는 칭찬 받는 교회이니 등록하십시오." 하고. 그리고 다른 교회에서 오려고 하는 사람들에 대해서는 목사님께서 직접 면담을 한 후에 결정하신다.

그런데 장로교회의 장로가 우리 교회로 옮기겠다고 하니까 보통일이 아니었다. 나를 부르시더니 "장로님, 선 장로님이라는 분이 우리 교회로 교회를 옮기시겠다고 하는데 어떡해야 합니까?" 하고 물으셨다. 그래서 내가 교회 안에 갈등이 생기면 안 되니까 목사님께서 그쪽 교회의 목사님과 확인 절차를 거치신 후에 시간을 두고 선 장로님을 지켜보시고 결정을 하시면 좋을 것 같다고 말씀을 드렸다. 그래서 선 장로님이 우리 교회로 오게 되었다.

선 장로님이 우리 교회에 오신 후 1년간 성가대장을 맡으셨다. 어떻게 생각하면 기분이 나쁠 수도 있는 일이었는데, 맡은 역할을 정말 열심히 하셨다. 성가대에 헌신을 하셨고, 십일조도 참 많이 하시고, 성품이 좋으셨다. 그후 선 장로님을 따라서 그 교회 집사님들이 우리 교회로 많이 오셨다. 우리 교회로서는 좋은 일이지만 미안하기도 했다.

또 선 장로님과 아내 이 권사님(그 당시는 집사) 부부가 주일마다 정성을 들여서 꽃꽂이를 하셨다. 꽃꽂이를 하는 것이 보통 힘든 일이 아니다. 그런데 토요일마다 골프도 안 치고 꽃시장에 차를 몰고 가시는 것이 장로님의 임무였다. 아내 권사님이 디자인 한 꽃들을 사와서 토요일 오후에 교회에서 꽃꽂이를 하셨다. 두 분의 섬김에 내가 큰 감동을 받았다. 이렇게 좋으신 분들이 우리 교회에 오시게 된 것은 축복이었다. 이렇게 교회에 두 사람의 장로가 세워졌다.

선진영 장로님이 시무 장로로 피택되는 날은 참으로 경사스런 날이었다. 왜냐하면 나의 아내 장영희 집사가 이용자 임신자 두분 집사님과 함께 권사로 임직을 받았기 때문이다. 그러나 무엇보다 더 기쁜일은 나와 함께 초창기부터 교회를 섬겨 오던 신양하 안수 집사님이 장로로 피택 되신 것이다. 원래 신양하 장로님을 명예 장로로 임명하시려고 목사님이 내정을 하셨으나 나는 우리교회의 성도수와 현 실정으로 보아 장로 한분이 더 시무해야 한다는 당위성을 목사님께 건의를 드렸다.

그리하여 신양하 장로님이 명예장로가 아닌 시무장로로 피택되어 함께 임직예배를 드리게 된것이다. 신양하 장로님은 독일까지 나와 같이 가서서 조용기목사님을 만나 우리교회에 목사님을 보내 달라고 간청을 하신 분이고 초창기 교회의 어려운 상황에서 재정을 맡아 오랫동안 수고를 해주신 런던순복음 교회의 산 증인이시다. 나의 부족한 면을 채워주시고 늘 내편에 서서 성원과 지지를 보내주신 참으로 귀한 분이다.

여기서 런던순복음 교회의 산증인들 몇분을 더 소개를 하고 넘어가야 할 것 같다. St. George Annex Building에 세들어 있을 때 일요일 아침 일찍 나오셔서 그 추운 날 창문을 활짝 열어 제치고 바닥을 쓸고 닦고 담배 재떨이를 비우고 화장실 청소를 도맡아 하신 연로하신 김정화 권사님, 부흥회에 가면 저녁에 목사님 수고 하셨다고 집에서 장만해 가지고 온 특식을 방에 차려 놓고 목사님과 나를 불러 대접하던 박상임 권사님, 그리고 교회에 새로 산 잠바를 벗어 놓았다가 잃어 버리시어 한동안 시험에 들어 교회를 나오시지 않다가 이제는 저녁기도 까지 빠지지 않고 부인 박상임 권사님과 개근 하시는 서춘근 집사님, 도대체 말이 없으시고 항상 남을 배려하시는 이분의 따뜻한 미소를 떠올리며 감사드린다.

그리고 지금은 여자 목사가 되시어 독립하신 백정원 목사님, 또 부군 박금출 장로님도 잊을 수 없다. 내가 영국에 온지 얼마 되지 않았을 때 당시 한국회관이라는 식당을 경영하시던 백정원 목사 (당시 집사)님이 심각한 얼굴로 말씀하셨다. 어떤 손님이 교회를 다니냐고 물어 순복음 교회에 다닌다고 하니까 왜 그런 이단 교회에 나가느냐고 하던데요? 챙피해서 혼 났어요 .어떻게 해야 되지요? 아니 집사님 그분 내게 데려오세요. 모르고 하는 소리니 괘념치 마세요 하고 내가 설득을 했던 때가 어제 같은데 여자의 몸으로 영어로 교육하는 영국 신학교를 다니시고 학위를 따서 윔블던에서 목회를 하고 계시니 다 하나님의 은혜가 아닐 수 없다.

이분들의 오랜 헌신을, 이분들의 뜨거운 성도 사랑을 빼놓구는 우리 런던 순복음교회의 역사를 애기 할 수가 없다. 모두들 나중에 천국에 가시면 예수님께서 넘어져 가는 내 교회를 살리기 위해 애썼다고 특별히 칭찬하시고 늘 옆에두고 사용하실 귀한 분들이다.

나는 여의도순복음교회에 소속되어 있기 때문에 금년 9월에 여의도순복음교회에서 정식으로 은퇴했다. 내가 빠짐으로써 목사님이 더 편해지시고 장로님들이 활동할 기회가 많아졌다. 결과적으로 목사님과 장로님들이 더 열심히 좋은 결과를 만들고 계신다. 결코 교회는 한 개인에 의해 움직이면 안 된다. 그런 면에서 적당한 때에 물러났다고 생각한다. 그 후에 나는 일체 교회 운영에 대한 이야기를 한 적이 없다. 예배만 참석하고, 당회도 나가지 않는다. 내가 그렇게 하는 것이 목사님과 장로님들, 집사님들한테 좋았다고 생각한다.

3대 목사님이셨던 정재우 목사님이 런던순복음교회를 떠난 지가 벌써 십여 년 이상 되는데 지금까지도 계속 교류를 하고 있다.

몇 분의 장로님과 같이 식사를 하고 운동도 같이 하는 친구같은 사이가 되었다. 친구같이 가깝게 지낸다.

십여 년 후에 정재우 목사님이 런던에 오셨는데 우리 회사에 기도해 주러 방문하셨다. 그때는 회사를 옮겨서 큰 건물에 있었을 때인데, 회사 내 방에 들어오시자 창밖을 보면서 눈물을 글썽이시며 감격적인 기도를 해주셨다. 옛날에 본인이 영국을 떠날 때는 교회도 큰 사고로 인해 어려움을 겪었고, 내 사업도 작은 규모로 직원들 2~3명과 함께 일했었는데, 이제 직원이 많이 늘어나고 회사가 크게 성장 발전한 모습을 보시고 감동을 받으셨던 것 같다. 그리고 한국에 돌아가셔서 설교에서 내 얘기를 많이 하셨다고 한다. 어려웠을 때 팔을 걷어붙이고 함께 헌신했던 목사님과는 마치 전쟁터에서 같이 싸운 전우와 같이 영원한 친구 같이 느껴진다.

나의 삶은 결코 평탄하지 않았다. 자갈밭과 같았다. 때로는 죽음의 그림자가 나를 덮었다. 하지만 크고 작은 역경들을 통해 나의 신앙을 성숙하게 하시고, 교회를 부흥하게 하시고, 나의 사업과 가정에 복을 주신 하나님은 나의 부르짖는 소리를 결코 외면하지 않으셨다. 그러한 하나님을 영원히 찬양한다.

미가 선지자가 하나님께 간구한다. "원컨대 주는 주의 지팡이로 주의 백성 곧 갈멜속 살렘에 홀로 거하는 주의 기업의 떼를 먹이시되 그들을 옛날같이 바산과 길르앗에서 먹이옵소서." 즉 하나님이 이스라엘을 선택하시고 비옥한 땅에 거하게 하실 것이라는 약속을 확신하는 간구를 드린다.

"주님 우리 런던순복음교회가 1,000명의 성도가 되도록 부흥시켜 주시옵소서. 조용기 목사님의 건강이 회복돼서 내년에는 헌당 예배를 드릴 수 있게 축복하옵소서. 그리하여 런던순복음교회가 유럽 복음화의 초석이 되게 하시옵소서."

언젠가 김용복 목사님과 함께 조용기 원로 목사님을 면담하는 자리에서 나는 이 소원을 말씀 드렸다. 사랑과 나눔 재단에 헌금도 했다. 미가의 간구처럼 우리의 간구를 하나님께서 들어 주실 줄로 믿는다.

"가라사대 네가 애굽 땅에서 나오던 날과 같이 내가 그들에게 기사를 보이리라"(미가 7장 7절).

미가의 간구를 들으시고 응답하신 하나님. 우리의 간구를 들으시고 응답하실 줄 믿는다.

런던순복음교회를 30년 전에 세우시고 축복하신 하나님. 갈멜산 엘리야에게 축복하신 이스라엘의 하나님. 언제나 동일하시고 살아계신 우리 하나님이 우리의 기도를 들어 주시리라 믿습니다. 아멘!

기도가 살면 사업도 살아난다는 것이 나의 신앙 철학이다.

[후기]

"영국에서 사시면서 행복하십니까?"

2009년 새해 1월 1일 신년 기도회에 강사로 오신 이용규 선교사의 화두다. 나는 가타 부타 무어라고 대답할 자신이 없었다.

"나는 과연 행복한가?"

나만이 아니라 모든 성도들이 숙연해 졌다.

"여러분 영국에 살면서 하나님의 주권을 인정하셨습니까, 아니면 우리의 주장대로 하나님을 바랐습니까?"

"나는 내가 하고 싶은 대로 세상을 살아 왔어. 하나님이 내 생각을 도와 달라고 기도하는 도우미 정도로 밖에 생각했지 않은가? 그래서 나는 행복을 놓쳤다고…."

나의 강퍅한 마음이 서서히 녹아지기 시작했다. 내가 30년 이상 믿음 생활을 하면서 가장 감동 깊게 들은 말씀을 뽑으라면 이날 이용규 선교사의 질문이다.

"내가 빠져도 문제가 없는 단체 나의 역할이 필요 없는 그런 조직을 만들고 떠나셔야 합니다."

"내가 비워져야 하나님이 일하실 수 있습니다. 하나님이 설 자리를 위해 씨스템을 비워야 합니다."

그러나 내가 없으면 안 된다는 생각으로 살아온 나의 과거. 내가 해야 된다는 일념으로 열심을 내며 내가 아니면 안된다는 자부심 하나로 살아온 내가 직격탄을 맞은 것이다. 송두리채 내 인생관을 뒤흔들어 놓는 그의 말씀에 나는 가슴이 뜨거워졌다.

"여러분 이번 집회를 위해 기도 합시다. 하나님이 이 일정을 끝까지 이끌고 갈 수 있겠습니까 하고 하나님께 물어 봅시다."

"주님은 말씀하십니다. 네가 의지하는 것 이제 모두 내려 놓고 나와 함께 하자고"

보통 " 하나님 이 집회를 성공적으로 이끌어 주셔서 모두가 은혜받게 해 주십시오" 이렇게 기도하지 않나 …?!

그래서, 나는 나의 모든 것을 내려 놓기로 작정을 하고 마치 초등 학교 학생처럼 앉아 선생님의 말씀에 귀를 기울였고 그해 신년 기도회를 은혜스럽게 마쳤다. 나는 하나님께 물어 본다는 개념의 기도자세를 그때 처음 배웠다.

이제 내 인생 칠십줄로 들어 섰다. 내가 하나님께 받은 은혜는 하늘보다 높고 땅보다 넓다. 지금 나는 고희 이후의 삶에 대해 하나님의 응답을 구하고 있다. 이제부터는 하나님의 주권을 인정하고, 나의 주장대로 살지 말고 하나님이 바라시는 대로 살아가라는 것이 바로 하나님의 응답이 아닐까?

그래야 내가 하늘나라에 갈 때, 누가 "영국에서 사시면서 행복했습니까?" 묻는다면 자신있게 "예!"라고 답할 수 있지 않을까?

2014년 10월 상달에
영국 촌놈이 런던에서

국립중앙도서관 출판예정도서목록(CIP)

영국 촌놈 이야기 / 지은이: 이종구. ─ 서울 : 홍림, 2014
    p. ;   cm

ISBN 978-89-6934-002-3 03810 : ₩13000

회고록[回顧錄]
기독교[基督敎]

230.4-KDC5
230.002-DDC21   CIP2014026994